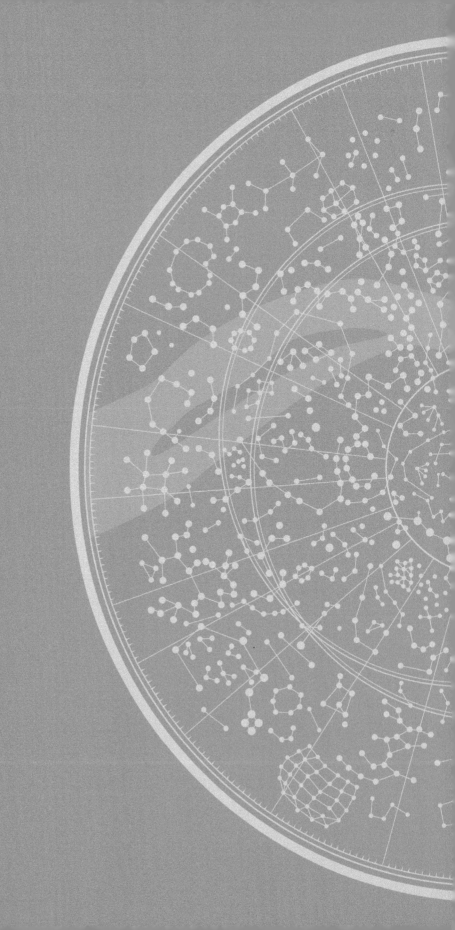

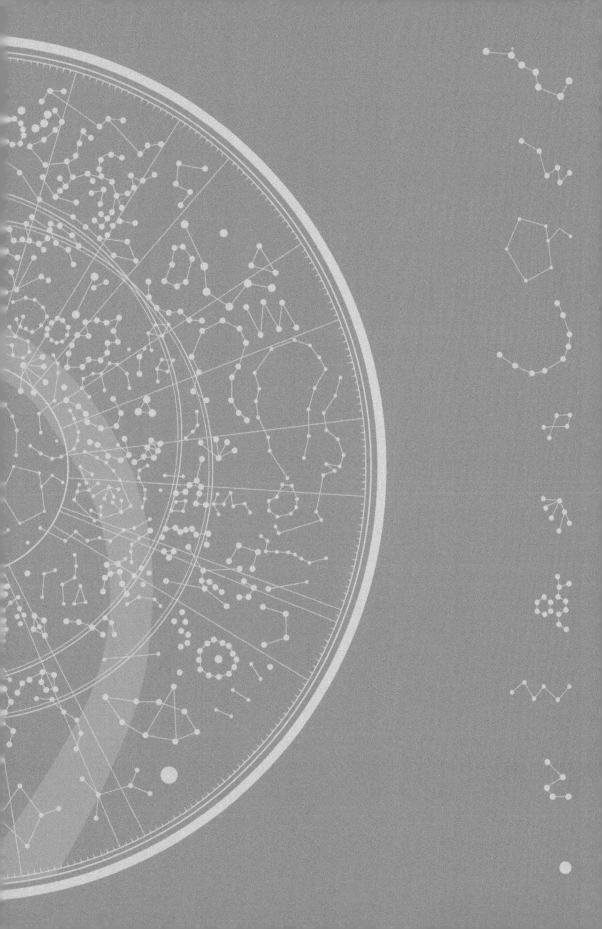

바나의 한국 타로

바나의

한국타로

한국 문화로 재해석한 78장의 타로 카드 읽기

북레시피

작가의 말

길고 긴 여정을 지나 여기까지 왔습니다

『바나의 한국 타로』를 정식으로 출판하게 되어 무척 영광이고 기쁘게 생각합니다.
저의 작품을 함께 공감하고 응원해주신 모든 분께 감사 인사 드립니다.

어느 날 우연히 접한 타로 카드의 그림들을 보며 처음에는 막연하게나마 그 카드
속 오래된 그림들을 새롭게 바꿔보면 어떨까라는 생각을 해보았습니다. 그러다
아이들에게 우리 전래동화를 읽어주던 중 삶의 교훈과 지혜를 담은 전설, 설화,
신화 속 의미와 이미지를 기존 카드에 녹여내면 좋겠다는 마음이 생겨나 곧바로
작업을 시작하게 되었습니다. 우리 전통 옷(한복)이나 고유한 우리 음식(한식)
그리고 한국의 이야기들은 우리 생활 속에 밀착되어 공기처럼 흡입하고 있지만
때로는 너무 당연해서 그 소중함을 느끼지 못할 때도 있습니다. 하지만 한국의
문양과 색, 맛과 소리 등 고유한 우리 문화의 아름다움과 인문학적 가치는
세계인들이 함께 향유하고 즐길 수 있는 최고의 콘텐츠라 할 수 있습니다.

작은 것 하나에도 의미를 두어 무병장수와 행복을 빌었던 조상들의 염원과 지혜를
타로 카드에 담아보고 싶었습니다. 그와 함께 구시대적 의미를 띠는 이미지 상징을
벗어나야 하는, 나름 중요한 혁신도 필요했습니다. 타로 카드의 역사가 깊은 만큼
카드에 표현된 그림이 여성성과 남성성, 또는 남성과 여성의 지위에 비현실적이고
비합리적인 부분이 있어 지금 우리가 살아가는 공정하고 평등한 시대정신에 맞게
그려보려 했습니다.

늘 새삼스레 깨닫게 되는 것이지만, 우리의 인생은 정해진 룰이 없는 상황 속에서 다양한 선택의 갈림길을 맞닥뜨립니다. 선택의 길 앞에서 심리적으로 흔들리거나 갈팡질팡할 때 운명처럼 선택된 타로 카드, 그 카드에 새겨진 그림의 상징과 숨은 의미가 때로는 조언이, 또 때로는 위안이 되어줄 것입니다. 길다면 긴 여정이었던 이번 작업을 통해 타로는 단순히 미래의 부와 운을 점치는 수단이 아닌 공감과 위로의 방법이라는 것을 배울 수 있었습니다.

저의 카드가 누군가의 지친 마음에 위로가 되고 힘이 되어주기를 간절히 바랍니다. 제 작업을 응원해주신 모든 분께 진심을 가득 담아 다시 한번 감사의 말씀 전합니다.

2024년 1월
바나 올림

목차

중심 의미

카드의 상징적 의미 및 정방향과 역방향의 함축적 의미.

그림 상징

카드의 각 부분별 그림 상징과 꽃말 정리.

색 상징

카드의 색감이 주는 상징적 의미 정리.

해석

정방향과 역방향일 경우 카드의 해석과 그에 따른 메시지.

적용

각각의 상황을 적절하게 풀이해주는 다양한 용례.

작가 노트

카드 그림에 대해 들려주는 작가의 이야기.
카드의 상징과 의미의 바탕이 되는 한국 역사(신화. 설화)와 문화 소개.

유니버설 타로의 역사는 매우 깊습니다. 그 시작은 대략 14세기경 유럽에서부터라는 설이 유력합니다. 역사가 무척 깊은 카드인 만큼 요즘 세상에서 우리가 흔히 고정관념이라고 생각하는 개념이 많이 들어 있는 것도 사실입니다. 이를테면 신분과 직업의 다름으로 인해 인생에서 우위가 정해지고 야망은 남성성, 다산은 여성성으로 단순 적용하여 그 성향과 특징을 나누어놓았다는 점입니다.

저는 개인적으로 이 부분을 달리 접근하면서 그려보았습니다. 따라서 카드의 성별, 색의 역할, 직업적 특징과 이야기들은 기존의 유니버설 타로와 조금 다를 수 있음을 미리 말씀드립니다. 저는 타로 마스터가 아니기 때문에 여기 적은 해석들은 전적으로 그림을 그리면서 느낀 감정들을 정리한 것입니다. 같은 맥락에서 카드의 정방향, 역방향의 해석보다는 전반적인 흐름에 맞춰 정,역방향을 함께 보시기 바랍니다.

"그림을 보며 자신의 직관과 감각에 따라 해석하기 바랍니다."

Points

1	색은 가급적 한글 명칭을 사용했습니다. 다소 익숙하지 않은 이름이 있을 수 있습니다.
2	색의 상징 풀이는 각각의 색이 지닌 원형적인 의미와 함께 작가의 개인적인 느낌을 더하여 구분하고 정리했습니다. 따라서 같은 색이라도 카드에 따라 같거나 다를 수 있습니다.
3	황제 카드와 여제 카드는 카드의 성격은 유지하되, 성별을 바꾸어 그렸습니다.
4	매달린 남자(Hanged man)는 매달린 사람(Hanged Person)으로 해석했습니다.
5	한국의 다양한 문화적 요소들에 작가의 생각을 더하여 디자인하고 그렸습니다. 역사적 고증과 100% 일치하지 않는 그림도 있습니다.

"여성과 남성의 특성을 다산과 모성애, 투쟁과 권위라는 이분법적 기준으로 나눌 수도 있지만 그런 시각에서 벗어나는 황제와 여제가 수없이 많이 존재한다. 남성 중심적 사회에서 왕의 역할은 근엄하고 야심찬 지략가로 자리매김하지만 예술과 문화를 사랑한 임금도 많다. 또한 역사의 기록에는 웅장한 기개로 국토를 넓히고 강인한 카리스마로 조직을 통솔한 여제들도 많다. 모성애 못지않은 아름다운 부성애도 존재한다. 남성에게 강인함을 바라며 개인의 감정을 억누르고 여성에게 모성애를 앞세워 개인의 희생을 미화하던 시대는 끝났다. 태평성대를 이루는 것은 남성성과 여성성이라는 고착된 성적 능력이 아닌 개인이 가진 지혜와 기질이다." (본문 중에서)

1부

메이저 아르카나

Major Arcana

0

방랑자 *The Fool*

얽매일 것 없는 자유로운 영혼

자유로운 방랑자는 발길 닿는 대로 길을 떠난다.
고정관념이나 상식에 얽매이지 않고 자신이 원하는 삶을 살기에
방랑자의 앞길에는 무한한 가능성이 열려 있다.

정방향	역방향
순수한 마음	무책임한 태도
새로운 이야기	현실 도피
무한한 가능성	독단적인 행동

그림 상징

하얀 태양

번뜩이는 아이디어
왕성한 호기심/ 낙관적
무한한 가능성
새로운 출발

탈(가면)

속마음을 감추다
책임과 의무를 꺼리다
현실 도피/ 허구

양귀비

위로/ 위안/ 몽상
잠/ 망각/ 허영
사치/ 환상/ 덧없는 사랑
열광

파도 위의 나비

자유로움/ 기쁨/ 생동
봄/ 즐거움/ 해방
가벼운 마음
어딘지 모를 불안함

색 상징

노랑 기쁨/ 가벼움/ 방랑/ 매력
빨강 정열/ 에너지/ 힘/ 사랑

파랑 파도/ 풍랑/ 숨겨진 우울
하양 순수함/ 깨끗함/ 낙관적

0

방랑자 *The Fool*

해석

정방향 낙천적인 마음	타인의 시선이나 고정관념 따위를 신경 쓰지 않고 당당하게 원하는 길을 찾아 나아간다. 반짝이는 아이디어와 함께 생각지도 못한 가능성이 열릴 것이다. 구속 없는 자유로움 속에서 다양한 기회들이 다가오고 있다.

자유와 책임	방랑자는 순수한 초보자이다. 넘실거리는 파도와 일렁이는 물결은 앞으로의 여정이 험난할지도 모른다고 알려주지만 일단 도약을 시작하려 한다면 보다 철저한 계획을 세우는 것이 도움이 될 수 있다.

정처 없는 방황이 계속되면 고독감과 나태함으로 이어질 수 있다. 무책임함이 지속되면 주위의 신뢰를 잃을 수 있으니 주의한다. 자신의 상황을 회피하려 하지 말고 진지하게 헤쳐나갈 수 있는 용기를 가진다.	**역방향** 무책임한 상황

적용

◆ 정방향	새로운 발상/ 아이디어/ 자유로움/ 해방/ 예측이 불가능하다 마음을 가볍게 가져라/ 새로운 마음가짐/ 순수하게 생각하라 자유로운 발상으로 새로운 기회가 생긴다/ 즐겁고 다양한 기회가 열린다 벗어나려 애쓰지 말고 상황을 즐길 것/ 남들의 생각과 시선을 너무 신경 쓰지 말 것

무책임/ 대충 넘기려는 현실 도피/ 위험을 파악하지 못하고 낙천적인 상황 모른척하고 싶은 현실/ 갈팡질팡/ 진짜 마음을 숨긴 상황/ 의지박약 지속적인 고뇌가 생길 수 있다/ 우유부단하여 상황 파악을 하기 어려워진다 독단적인 행동을 피할 것	◆ 역방향

작가 노트

자유롭고 당당한 영혼의 소유자들

자유롭게 길을 나서서 유랑을 즐기는 사람들을 우리는 방랑자라고 한다. 성실하게 일해서 부를 축적하는 길만이 성공이고 행복이라 여기는 사람들에게 카드 속 방랑자는 누구보다 당당한 표정으로 지금을 즐기라고 말하고 있다. 때로는 시련이 닥치기도 하고 힘든 시기도 있겠지만 현재를 즐기는 자를 당해내지는 못할 것이다.

탈 속에 숨긴 해학과 즐거움

서민들의 풍자놀이

광대는 탈을 쓰고 서민들의 고충과 중간착취를 일삼는 관리의 횡포를 표현하는 등 신랄한 풍자와 해학을 통해 생활에 지친 서민들을 위로하는 역할을 했다. 계급사회에서 고통받으며 살아가는 하층민의 울분을 탈 속에 숨긴 채 촌철살인의 표현으로 지배층을 조롱하며 지친 삶에 위로와 웃음을 전해준 탈놀이에는 조상들의 지혜와 슬기로움이 담겨 있다.

유랑 예술집단, 사당패와 남사당패

발길 닿는 대로 유랑하며 가무를 즐기다

사당패는 때에 따라 남성 또는 여성, 혼성으로 구성된 유랑 집단이었는데, 조선 후기에는 주로 남사당패가 풍물(농악)을 비롯한 다양한 공연을 했다. 이러한 여러 종류의 사당패는 사람들이 많이 모이는 곳에서 밤새워 놀이판을 벌이며 주로 서민들에게 즐거움을 주었다. 당대의 지배층들은 이들을 매우 비판적으로 바라보며 천대하고 무시했다. 사당패는 여기저기 떠돌며 고아들이나 가족이 없는 사람들을 많이 흡수하였는데, 개화기 이후로는 외국에서 온 기예단의 수준 높은 묘기와 기술력에 밀려 오갈 곳 없는 신세가 되어 유랑민의 설움을 겪으며 역사의 뒤안길로 사라졌다. 발길 닿는 대로 떠돌며 흥겹게 판을 벌이던 자유로운 영혼들의 마지막 결말이 다소 씁쓸하게 느껴진다.

마법사

I

마법사 *The Magician*

넘치는 자신감과 추진력

자신만만한 표정으로 모든 준비를 마치고 지금까지 키운 능력을 내보이려 한다.
만반의 준비를 다한 상황이기에 그 무엇도 두려울 것이 없다.
무궁무진한 발전을 기대해도 좋다.

정방향	역방향
설득력 있는 언변	망설임
적극적 의지	소극적인 자세
재능의 발휘	서투름

그림 상징

무한대

낙관적/ 무한한 가능성
새로운 출발/ 다재다능
착수/ 기회

방울(완드)

자신감 상승/ 주변의 관심
주목받는 상황/ 공감
주도권을 잡다/ 뛰어난 처세술

**엽전(펜타클), 검(소드),
방울(완드), 청자(컵)**

준비된 상황/ 부족함이 없음
재능의 발휘/ 능숙한 대처

붉은 장미와 흰 백합

열정/ 사랑/ 고귀함
숭배/ 위안/ 강렬함

색 상징

노랑 주목/ 기쁨/ 생기/ 매력
빨강 정열/ 에너지/ 힘/ 사랑

검정 권력/ 위엄/ 힘/ 무게감
진한 파랑 냉정함/ 신비로움

마법사 *The Magician*

해석

| 정방향 적극적인 추진력 | 타인의 도움을 받지 않고도 이미 성공하기 위해 필요한 기술과 능력을 갖추고 있다. 확고한 자신감은 주변 사람들을 자석처럼 끌어당기며 원하는 결과를 얻을 수 있는 힘이 될 것이다. |

기술과 능력

출발선에서 준비를 모두 마쳤다. 새로운 시작을 두려워하지 말고 다가오는 기회를 놓치지 말자. 적극적인 자세와 넘치는 자신감은 새로운 만남이나 탁월한 교섭 능력에서 그 실력을 발휘할 수 있을 것이다.

| 주어진 상황에 좀 더 개방적이고 솔직할 필요가 있다. 소극적인 행동으로 실력을 발휘하지 못하거나 때로는 얄팍한 수와 잔꾀를 악용하여 후회스러운 일을 겪을 수도 있으니 주의하도록 한다. | 역방향 얕은 수와 잔꾀 |

적용

◆
정방향

주인공이 되다/ 기회를 잡다/ 주목받다/ 공감을 얻는다/ 자신만만하다
하고 싶은 일을 찾아보자/ 긍정적으로 생각하자
새로운 방향이 보이기 시작한다/ 하고 싶은 일을 시작하면 좋다
스스로 해결할 수 있다/ 자신감을 가져라/ 새로운 시작을 두려워하지 말 것

준비가 덜 되었다/ 미흡하다/의지가 부족하다/ 힘든 일을 피하려 꾀를 부린다
나의 의견이 받아들여지지 않고 있다/ 상황 파악을 잘못하고 있다
자신감을 잃을 사건이 생길지도 모른다/ 이미 능력 밖으로 감당이 안 된다
의지를 좀 더 강하게 다져보자/ 새로운 방법으로 문제를 돌파해보자

◆
역방향

작가 노트

신선과 노니는 흰 사슴, 백록

울음소리가 하늘까지 닿는 한라산 하얀 사슴

나뭇가지의 형상을 닮은 뿔을 가진 사슴은 예로부터 땅의 기운을 담았다고 하여
장수의 상징으로 여겨졌다. 사슴은 천 년을 살면 청록, 천오백 년을 살면 백록
그리고 이천 년을 살면 흑록이 된다고 하는데, 백록을 만나면 큰 행운을 얻고
장수한다는 전설이 있다. 또한 그 울음소리가 하늘까지 들리니 신께 제사를
지낼 때 백록과 같은 흰 사슴을 함께 두고 소원을 빌었다.

새로운 시작을 축복하다

우리 선조들에게 마을의 무당은 간절한 마음으로 함께 기원하며 악을 쫓고
길흉화복을 점치며 무사태평을 빌어주는 자였다. 무당의 자신감 가득한 표정과
화려한 춤사위는 사람들을 한자리에 불러 모으는 힘이 되었고, 그 에너지에서 뿜어져
나오는 강력한 기운은 새로운 시작과 마음의 평화를 찾게 해주었다.

신과 대화하는 자, 무당

무속신화, 바리데기 이야기

불라국의 오구대왕은 딸 여섯을 낳고 아들을 낳게
해달라며 빌고 또 빌었는데 일곱 번째 또 딸을
낳으니 그 딸을 바리데기(버린 아이)라고 이름 짓고
내다 버렸다. 훗날 왕과 왕비가 병이 들어 저승
건너편 약수를 먹어야만 살 수 있다 하였는데
여섯 딸이 모두 거절하여 바리데기를 찾아가
약수를 길어 오라 부탁한다. 착한 바리데기는
머나먼 길을 떠나 저승 입구에 이르지만, 긴 시간
인고의 세월을 보내고서야 약수를 떠서 다시
돌아올 수 있었다. 이미 병들어 죽은 왕과 왕비가
약수를 마시고 부활하고, 바리데기는 저승길에서
만난 불쌍한 영혼을 인도하는 안내자가 되겠다며
다시 길을 떠난다. 그리하여 바리데기는 죽은
사람의 영혼을 위로하고 저승으로 인도하기 위해
베푸는 사령제死靈祭에 모시는 신이 되었다.

2

여사제 *The High Priestess*

총명하고 고귀한 이성과 지성

총명한 이성과 지성으로 깊고 맑은 정신을 유지한다.
신비롭고 흐트러짐 없는 모습으로 치우침 없는 올바른 판단을 통해
합리적이고 바른길로 안내한다.

정방향	역방향
흔들림 없는 자세	흑백논리
불균형을 바로잡다	정신적 미숙함
직관을 따르다	신경질적인 상태

그림 상징

두루마리(성전)

총명함/ 근엄함/ 엄격함
진지함/ 지성적인/ 합리적인

흑백의 날개옷

음과 양/ 남자와 여자
빛과 어둠/ 이성과 감성
의식과 무의식

종려나무와 석류나무

다산/ 의인/ 생명력
풍요/ 여성(석류 열매)

달

무의식/ 음의 기운
고요함/ 차분함/ 직관적

색 상징

하양 순수/ 무결함/ 결벽/ 청렴
빨강 여성/ 풍요/ 로맨틱/ 사랑
검정 권력/ 위엄/ 힘/ 무게감
보라 깊은 지식/ 통찰력/ 무의식

여사제 *The High Priestess*

해석

| 정방향

합리적인 사고 | 총명하고 맑은 정신으로 치우침 없이 합리적으로 판단한다.
자신의 감정을 밖으로 내비치기보다 안으로 조용히 수용한다.
섬세한 사고로 동경의 대상이 될 수도 있지만
지나치게 냉정해 보이지 않도록 주의하는 것이 좋다. |

| 외유내강 | 근면하고 흠결 없는 성실한 자세는 목표를 세우고 시작하기에 부족함이
없다. 시련이 닥치더라도 냉철한 정신력으로 이겨낼 준비가 되어 있다.
기초부터 차근차근 목표에 매진한다면 좋은 결과를 얻을 수 있다. |

| 자신의 판단 안에서 완벽해지려고 선을 긋다 보면 구시대적인
발상이나 흑백논리에 휩싸이기 쉽다. 상황을 자꾸 치우쳐서
보게 되면 융통성을 잃고 유연해지기 어렵다. 감정을 차분하게
조절하고 결점도 인정하는 자세가 중요하다. | 역방향

삐딱한 마음 |

적용

◆
정방향

엄격함/ 목표를 향한 사색/ 근면 성실/ 섬세한 사고/ 총명함
흔들림 없는 감정/ 냉정해 보이는 이미지/ 차가운 대응/ 내면의 안정
합리적으로 일을 잘한다/ 동경의 대상이 된다/ 양자택일이 필요한 상태
내면의 안정을 찾자/ 잘못된 일을 이 기회에 차분하게 바로잡자

지나친 결벽/ 다른 것을 받아들이지 못하는 상황/ 이견으로 생기는 다툼
모순적인 마음/ 심리적 대립/ 예민한 마음 상태/ 마음속으로 불만이 많다
고집 때문에 고립되는 상황이 생긴다/ 까칠하다는 소리를 듣는다
스트레스를 안으로 쌓아두지 말고 밖으로 풀어줄 것/ 교류를 통한 소통이 필요

◆
역방향

작가 노트

음양의 조화, 일월오봉도 日月五峯圖

오직 조선 왕실에서만 볼 수 있는 아름다운 그림

「일월오봉도」는 조선시대 국왕의 표상으로 왕의 어좌 뒤편에 놓아둔 그림이다. 하늘과 땅 아래 양의 상징인 태양과 음의 상징인 달, 푸르름의 상징인 소나무와 힘차게 흐르는 강물, 오행을 상징하는 다섯 봉우리는 그림이 좌우 안정감 있는 대칭을 이루며 주인이자 중앙에 앉게 되는 왕이 곧 우주이고 온 세상임을 상징하는 그림이다. 「일월오봉도」는 중국이나 일본에서는 발견되지 않고, 오로지 조선에서만 볼 수 있는 독특한 문화다.

내면의 멋을 자아내는 춤, 승무

드러내지 않고 감정을 다스리다

선이 아름다운 하얀 저고리와 장삼, 고깔에 붉은 가사를 입고 양손에 북채를 들고 추는 아름다운 승무는 바깥으로 드러나는 화려한 춤사위라기보다 단아하고 안정감 있는 선의 향연으로 관객의 감탄을 자아내는 전통 무용이다. 관객을 등진 채 머리에 고깔을 쓰고 얼굴을 드러내지 않아 자신의 모습을 숨긴 채 미끄러지는 듯 내딛다가 날 듯하는 세련미에서 그 아름다움이 절정을 이룬다. 승무는 그 유래와 출처가 명확하지 않아 여러 설이 존재하는데 불교 의식과 관련한 설이 유력하며, 그중 황진이가 지족선사知足禪師를 유혹하려고 춘 춤이라는 설과 파계승이 번뇌를 잊으려고 북을 두드리며 추기 시작한 춤이라는 설도 있다. 내적 우아함이 깊고 풍부한 몸짓으로 승화된 승무를 보며 차분한 마음가짐을 가져본다.

3

황제 *The Emperor*

사랑과 아름다움, 결실을 품은 자

풍요로움과 아름다움 속 안정된 마음은 모두를 매료시키기에 충분하다.
여유로움에서 나오는 조건 없는 사랑과 풍요로움은
매사에 만족스러운 결과를 만든다.

정방향	역방향
다정다감	나태하고 방탕함
여유로운 환경	게으름
성숙한 매력	과잉보호

그림 상징

면류관
높은 곳/ 왕의 상징/ 영광
권위/ 관대함/ 리더

곡식
풍요로움/ 포만감/ 안정
수확/ 만족할 만한 결과

석류
다산/ 풍요/ 여유와 안정
생명력/ 금전적 여유

모란
왕중의 왕/ 부귀영화
품위/ 행복한 혼인

색 상징

노랑 태양/ 금전/ 수확/ 매력
빨강 정열/ 에너지/ 힘/ 사랑

남색 무게감/ 창조/ 깊이/ 신뢰
자주 자비로움/ 여유로움/ 따듯함

황제 | *The Emperor*

해석

정방향 여유로움	물질적인 안정 또는 정신적인 여유로 마음은 더할 나위 없이 풍족하다. 그 안에서 뿜어 나오는 자신감을 바탕으로 계획을 세우고 실행에 옮긴다면, 매력은 상승하고 주위의 호감을 얻어 좋은 결과로 다가올 것이다.

결실의 기쁨 　풍족한 결실의 기쁨과 사랑을 만끽하며 여유로운 상태이다. 여유로움에서 찾은 안정감으로 분별력 있는 사고를 통해 매력을 발산하여 주위의 사랑을 받지만 동시에 시샘의 눈길도 있을 수 있으니 조심한다.

지나치게 풍족함이 지속되다 보면 모든 것이 당연하게 여겨진다. 계획적이지 못한 나태한 생활은 득이 될 리 없다. 현실에 안주하기보다 정신을 맑게 하여 더 좋은 방법으로 나아갈 수 있는 길을 모색하는 것이 좋다.	역방향 나태함

적용

◆ 정방향	여유 있는 상황/ 안락한 느낌/ 사랑의 발전/ 상황을 받아들일 여유가 있다 안정적인 마음/ 느긋하다/ 타인에게 관대한 마음가짐/ 부드럽고 친절한 마음 이익이 증대되는 시점이 찾아온다/ 여유로운 상황이 펼쳐진다 가지고 있는 여유를 주변과 나눠보자/ 타인을 배려하며 사랑으로 대하라

사치스러운/ 문란한/ 지나치게 의존적이다/ 응석을 부리고 있다 현실에 너무 안주하고 있다/ 나태함으로 인해 계획적이지 못하다 건전하지 못한 연애/ 자제력 부족으로 벌어지는 사치/ 방탕한 생활 감정을 잘 다스리며 쉽게 결정하지 않는다/ 하고자 하는 일에 우선 계획을 세운다	◆ 역방향

풍요와 다산의 상징, 석류

종묘 제사에도 오르는 궁궐의 과일

석류는 열매를 많이 맺기 때문에 포도와 함께 다산의 상징으로 널리 알려져 있다. 선조들은 석류 그림을 그려 다산의 상징으로 집에도 걸어두었다. 또한 종묘 제사에 오르는 과일로 궁궐에도 많이 심었다.

예술과 문화를 사랑하며 태평성대를 이룬 황제

여성과 남성의 특성을 다산과 모성애, 투쟁과 권위라는 이분법적 기준으로 나눌 수도 있지만 그런 시각에서 벗어나는 황제와 여제가 수없이 많이 존재한다. 남성 중심적 사회에서 왕의 역할은 근엄하고 야심찬 지략가로 자리매김하지만 예술과 문화를 사랑한 임금도 많다. 또한 역사의 기록에는 웅장한 기개로 국토를 넓히고 강인한 카리스마로 조직을 통솔한 여제들도 많다. 모성애 못지않은 아름다운 부성애도 존재한다. 남성에게 강인함을 바라며 개인의 감정을 억누르고 여성에게 모성애를 앞세워 개인의 희생을 미화하던 시대는 끝났다. 태평성대를 이루는 것은 남성성과 여성성이라는 고착된 성적 능력이 아닌 개인이 가진 지혜와 기질이다.

근엄한 얼굴 뒤 딸 바보였던
조선 17대 국왕, 효종

**뛰어난 무예 실력과 수려한 외모,
애처가에 따뜻하고 자상한 아버지**

북벌론을 꿈꾸던 조선시대 왕 효종은 세자(현종)와 7공주(6공주, 1옹주)를 둔 딸 바보로 유명하다. 효종이 딸들에게 쓴 편지를 읽어보면 그 사랑이 얼마나 깊었는지를 알 수 있다. [너는 시집에 가 (정성을) 바친다고는 하거니와 어이 괴양이는 품고 있느냐? 행여 감기나 걸렸거든 약이나 하여 먹어라.] 고양이만 좋아하는 숙명 옹주가 시집가자 감기에 걸리면 약을 지어먹고 아프지 말라는 내용이 담긴 효종의 편지다. 또 이런 편지도 있다. [너는 어찌 이번에 궁에 오지 않았느냐? 네 언니들은 몸에 찰 노리개들을 많이 가져갔다. 너는 요즘 억울한 일이 많으니 마음이 아파 적는다. 네 몫의 것은 무슨 수를 써서라도 부디 찾아가거라.] 속상한 일을 겪고 있는 딸에 대한 아빠의 따뜻한 마음이 느껴지는 듯하다.

여 제

여제 *The Empress*

최고의 자리에 오른 냉철한 야심가

강렬한 카리스마로 결속을 다지며 그 실력과 경험을 인정받아 높은
자리에 오른다. 확고한 자신감과 힘으로 주변을 압도하지만 동시에
내면은 고독할 수 있으니 능력에 대한 맹신은 금물이다.

정방향	역방향
넘치는 자신감	소극적인 자세
당당한 자세	책임 회피
믿음직한 리더	강압적인 행동

그림 상징

용
권위/ 왕/ 하늘의 뜻/ 승리
고귀한/ 능력있는/ 당당한

왕관
자신감/ 주변의 집중
중압감/ 고독함
높은 위치/ 무게감

모란
왕중의 왕/ 부귀영화
품위/ 최고의 자리

붉은 태양과 하얀 달
우주의 중심/ 음과 양의 조화
고귀한 자/ 축복

색 상징

노랑 야망/ 주목/ 매력/ 질투
빨강 정열/ 에너지/ 힘/ 왕

검정 권력/ 위엄/ 힘/ 무게감
진한 파랑 냉정함/ 신비로움

여제 *The Empress*

해석

<table>
<tr>
<td>정방향

최고의 자리</td>
<td>내면을 가득 채운 자신감으로 거침없이 높은 곳을 향한다.
결실을 거둔 만큼 현재의 상황을 유지하려 노력하고 있다.
빈틈없는 실력으로 리더의 자리에 오른다. 당당하게 행동하고
자신의 선택을 믿는다면 좋은 결과가 따른다.</td>
</tr>
</table>

명예와 실력   듬직하고 진실한 모습은 타인에게 큰 신뢰의 바탕이 된다.
이를 기반으로 성공과 높은 지위를 모두 손에 넣을 수 있지만
그만큼 느껴지는 책임의 무게감 또한 잘 이겨내도록 한다.

<table>
<tr>
<td>지나치게 밀어붙이려는 고집은 버리는 것이 좋다. 자신을
너무 믿은 나머지 남에게 허세를 부리는 경우가 생길 수 있다.
지나친 책임감의 무게를 견디지 못하는 상황이 올 수 있으니
주위를 잘 둘러보며 차근차근 실력을 쌓아간다.</td>
<td>역방향

내면의 고독</td>
</tr>
</table>

적용

정방향

공을 들이는 상황이 있다/ 책임감을 느낀다/ 자수성가/ 불굴의 의지
권력에 대한 욕심/ 단호한 마음/ 두려울 것이 없는 자신감/ 당당한 자세
우직하고 당당하게 밀고 나갈 것/ 믿음직한 리더십을 발휘하게 된다
자신의 선택을 믿고 자신감을 가질 것/ 신뢰를 줄 수 있는 행동을 보일 것

좀 더 노력이 필요하다/ 실력의 부족이 드러난다/ 적극적이지 못한 불안함
고집이 세다/ 편협한 사고/ 난폭한 행동으로 권리를 주장하려 함
리더십의 부재로 벌어지는 세력 다툼/ 조직이라면 전체를 두루두루 살필 것
보다 확실한 각오를 다질 것/ 주변과의 소통을 두려워하지 말자

역방향

작가 노트

땅과 하늘의 최고의 수호자

조선시대 왕의 상징이 된 용

용은 순우리말로 '미르'라고 하는데, 자유자재로 비를 내리게 하는 능력과
함께 하늘을 날며 악귀를 쫓고 행운을 부른다. 이처럼 강력한 능력을 가진 용은
조선시대 왕의 상징이었다. 왕의 얼굴은 용안, 의자는 용상, 옷은 곤룡포,
눈물은 용루라고 하며 용의 신적인 능력과 왕의 능력을 동일시하였다.

두려움과 고독함이 함께 따르는 최고의 자리

많은 싸움과 어려운 과정을 겪으며 왕위에 올랐지만 그 권좌를
노리는 수많은 2인자들에게 호시탐탐 위협받으며 무거운 책임감을
힙겹게 견뎌야 한다. 때문에 왕관에선 무게감이 느껴지고 왕의 표정은
어딘지 모르게 불안하다. 왕은 늘 강한 의지와 빈틈없는 자세로 모든 것을
움직여야 하지만 동시에 그만큼의 압박을 받을 수밖에 없다.

신라 최초의 여왕, 선덕

불안한 정세에 왕위에 올라
지혜롭게 나라를 다스린 여왕

『삼국유사』에 나오는 선덕여왕의 모란 이야기는 매우
유명하다. 당나라 태종이 세 가지 색깔의 화려한 모란
그림과 씨앗을 보내왔는데 선덕이 그림을 보고, 그림에
나비가 없으니 반드시 향기가 없을 것이라 했다.
씨앗을 심어 꽃이 피었는데 정말로 꽃에 향기가
없었다. 또 백제와 불안한 외교관계에 있을 때
왕위에 오른 선덕여왕은 영묘사의
옥문지에서 겨울임에도 개구리들이
모여 울자 이를 보고 군사를 풀어 여근곡에
적병이 있을 것이니 잡아 죽이라
명령하였는데 실제로 그곳에 백제 병사
5백 명이 숨어 있었다는 이야기가 있다.
선덕여왕 16년에는 첨성대를 설치하였는데
이는 동아시아에 현존하는 가장 오래된
천문대이다. 또한 아파트 27층 높이의
황룡사 9층 목탑을 지어 왕의 권위를
높였다.

교황 *The Hierophant*

신뢰를 갖춘 정신적 지지자

굳건한 신뢰와 믿음 안에서 정신적으로 흔들림이 없다.
평온한 정신과 올바른 규범을 통해 견고한 유대감이 형성된다.
마음의 평화는 신뢰와 사랑으로 이어진다.

정방향	역방향
질서정연	규범의 악용
내면의 평화	부도덕
견고한 신뢰	불신

그림 상징

빛나는 후광

존경받는/ 높은 지위
귀감이 되다/ 이끌다
종교적(정신적) 권위

기도하는 손

규범을 따르다/ 올바른 길
신뢰/ 간절한 소망

베드로/ 참진리의 열쇠

종교적, 정신적 안정/
약속과 신뢰/ 천국과 지옥

축복하는 손

조건 없는 사랑/ 유대감
고귀함/ 정신적 의지
호의적인 관계

색 상징

하양 순수함/ 믿음/ 평화/ 유대감
빨강 정열/ 희생/ 힘/ 사랑

검정 권력/ 위엄/ 힘/ 무게감
진한 파랑 냉정함/ 신비로움

교황 *The Hierophant*

해석

| 정방향

정신적 안정 | 도덕과 규범을 지키며 온전한 통제 아래 평화로운 상태가 계속된다. 내적인 평화는 타인과의 신뢰로 이어지며 또는 내면의 성장에 있어 도움을 받을 수 있는 상황이 찾아온다. 긍정적인 마음가짐과 진정성 있는 태도를 갖도록 한다. |

신뢰와 도덕

내면의 안정은 질서정연한 상태에서 차분한 소통이 중요하다.
이를 지키기 위해서는 어느 정도 규칙과 규범이 존재한다.
질서를 받아들이고 자신의 옳은 신념을 지키는 것이 중요하다.

| 도덕을 벗어나게 행동하면 반드시 신뢰에 금이 가게 된다. 무질서한 상태에 이르러 다툼이 늘고 상식에서 벗어나는 행동으로 질타를 받을 수 있다. 또 맹목적인 신뢰는 판단을 흐리게 하고 후회할 일을 저지를 수 있으니 주의하도록 한다. | 역방향

불신과 맹신 |

적용

◆
정방향

신뢰 관계가 유지된다/ 정서적으로 평온하다/ 마음이 편안하다
존경하는 마음/ 정신적인 의지/ 편안한 상태/ 무언가에 의지하고 싶다
긍정적 교류/ 견고한 유대/ 타인의 신뢰를 받게 된다/ 정신적으로 성장한다
신뢰가 우선이다/ 신념을 가져라/ 긍정적인 소통/ 마음을 차분히 할 것

의심하는 상황/ 위선적인 행동과 언행/ 신용을 잃게 된다
부도덕한 생각/ 마음의 불화/ 어긋나는 관계/ 무질서한 상태/ 기분 나쁜 언행
신뢰가 무너져 불안한 마음이 생긴다/ 가치관이 흔들림
위선인 행동을 하지 말 것/ 맹목적인 불신을 갖지 말고 차분히 소통할 것

◆
역방향

만개한 꽃의 가르침, 꽃살문

깨우침의 단계를 가르치다

서양의 스테인드글라스가 있다면 우리나라에는 꽃살문이 있다. 우리나라 사찰을 찾아가면 아름다운 꽃살문을 볼 수 있다. 민가나 궁궐에도 있지만 사찰의 꽃살문이 가장 화려하다. 마치 깨우침의 단계를 표현하듯 아래에서 위로 올라갈수록 꽃봉오리에서 만개한 꽃으로 변화한다.

백합과 장미

순결한 사랑의 마음과 열정의 에너지

백합은 순우리말로 나리라고 하며 흰 백합은 순결과 순수한 사랑이라는 뜻을 가지고 있다. 붉은 장미는 동서양을 막론하고 열정과 사랑의 상징이다. 카드에서 백합은 순결한 사랑과 내면의 수양을, 반대로 장미는 열정과 외적인 수양을 표현했다.

작가 노트

마음의 평화를 지켜주는 존재

한복을 입은 성모마리아

교황 카드의 상징 중 하나가 정신적 의지와 규범이다. 일반적으로 타로에 그려진 교황은 도덕적 규범을 가르치고 옳은 길로 인도하는 모습이긴 하지만 어딘지 모르게 엄격한 느낌에 정신적인 의지와는 조금 거리가 멀게 보였다. 근엄한 표정에 이끌려 어쩔 수 없이 도덕적인 삶을 살아야 하는 느낌이 컸다. 같은 종교의 범주 안에서, 우리나라 성당에서만 볼 수 있는 한복 입은 성모상을 마주하고 있으면 서양의 교황 카드와는 다르게 마음의 평안함을 느낀다. 조건 없는 축복과 사랑 아래 인자하게 미소 짓고 있는 모습을 보면 어느새 마음에 평화가 깃든다. 신뢰와 믿음 속에서 존경과 사랑을 받으며 평안함을 느낄 수 있을 것 같아 새롭게 그려보았다.

6

연인 *The Lovers*

꿈결 같은 행복과 기쁨

세상의 모든 축복 속에서 꿈결 같은 행복에 취한다.
인연을 쾌락으로 끝낼 것인가,
소중한 관계로 지속할 것인가는 선택에 달려 있다.

정방향	역방향
즐거움이 계속된다	무책임한 결정
두근거리는 설렘	참을 수 없는 유혹
사랑에 빠지다	돌발적인 선택

그림 상징

봉황

사랑/ 연인/ 부부
설레는 마음/ 혼인
편안함과 안정/ 태평성대

열매

쾌락/ 선택의 책임
욕망/ 불장난
달콤하지만 치명적인

빛나는 태양

축복/ 따듯함/ 집중
강렬함/ 지지자
신성함/ 아름다움

작약

수줍음/ 부끄러움/ 사랑
교태/ 미소

색 상징

노랑 축복/ 희망/ 설렘/ 기쁨
보라 창조/ 에너지/ 젊음/ 매력
주황 온기/ 활력/ 만족/ 적극적
군청 솔직함/ 편안함/ 차분함

연인 *The Lovers*

해석

| 정방향
설레는 마음 | 운명처럼 빠져든 사랑과 쾌락 속에서 최고의 행복을 느낀다.
매력적인 사람이나 대상에 푹 빠져 즐거운 시간을 보내지만 나의
행동에는 그만큼의 책임도 따른다는 것을 잊지 말고 현명하게
판단하여 균형을 맞추는 것이 중요하다. |

타인과의 행복 사랑과 쾌락을 통한 행복은 결코 혼자서 얻을 수 있는 것이 아니다.
타인과의 교류, 또는 의지하고 있는 대상과의 관계에 대해 신중하게
다가가며 지나친 감정이나 본능으로 치우치지 않게 주의하도록 한다.

| 자신만의 감정에 빠져 주위를 돌아보지 않아 무책임한 상황에
놓이면 그 결과는 결코 좋을 수 없다. 순간의 선택을 쫓다 보면
대책 없는 변덕과 실수, 무책임을 피할 수 없다. 적당한 조절을 통해
주변을 살피며 미래에 대한 고민을 함께 하는 것이 좋다. | 역방향
대책 없는 감정 |

적용

◆
정방향

공감하는 상대를 만난다/ 즐거운 시간을 보낸다/ 안락하고 편안하다
설레는 기분이 든다/ 쾌락에 빠진다/ 원하는 것을 즐길 준비가 되어 있다
사랑하게 된다/ 매력적인 무언가에 자석처럼 끌린다/ 즐거운 일이 생긴다
자신의 매력을 발산해보자/ 상대를 존중하자/ 상호교류를 통한 즐거움을 찾자

지나치게 몰입해서 주변의 상황을 파악하지 못한다
들뜬 상태가 지속된다/ 무책임한 기분이 든다/ 변덕스러운 마음
대책 없이 즐긴다/ 어떤 일에 완전히 빠져 주변 상황을 잊어버린다
책임을 잊지 말자/ 정도에 맞게 행동하라/ 주위를 잘 둘러보며 행동하라

◆
역방향

사이좋은 부부의 상징, 봉황

가정의 화목이 태평성대를 부른다

수컷은 봉, 암컷은 황이라 하여 봉황이라고 한다.
봉황은 난잡하게 날지 않고 오동나무가 아니면 내려앉지 않으며 아무리 배가 고파도
살아 있는 벌레와 풀을 뜯지 않고 오로지 대나무 열매만을 먹는 고귀하고 우아한 상상의
동물이다. 암수의 봉황이 짝을 이루면 아홉 마리의 새끼를 낳아 다산과 부부 화합의
상징으로 여겨진다. 가정의 화목은 나라의 평화를 이루고 나아가 태평성대의 기초가
된다. 선조들은 사랑하는 연인이 하나가 되어 새로운 시작을 알리는 혼례식에도 봉황을
수놓은 옷을 입고 가정의 평화와 행복을 꿈꿨다. 둘이 하나가 되는 혼례는 인생에 있어
가장 행복하고 아름다운 순간이 된다.

세상 가장 애틋한 사랑 이야기, 견우와 직녀

신혼의 단꿈에 빠져 받게 된 슬픈 벌

매년 칠월 칠석(음력 7월 7일)이 되면 은하수를
가운데 두고 양쪽 두 별의 위치가 매우 가까워지는데,
이 두 별을 견우성과 직녀성이라고 한다. 그 유래와
설이 나라마다 다른데 우리나라에선 덕흥리 고구려
고분벽화를 통해 은하수를 사이에 두고 서로 떨어져
있는 견우와 개를 데리고 있는 직녀의 그림을
확인해볼 수 있다. 옥황상제의 손녀인 직녀는
하늘나라 목동인 견우와 혼인하였는데, 이 둘은
신혼의 단꿈에 빠져 본분을 잊은 채 게으른 삶을 산
죄로 헤어지게 되고 칠월 칠석 하루만 만날 수 있는
벌을 받는다. 이날은 까마귀와 까치가 은하수 위로
견우직녀가 만날 수 있도록 오작교라고 하는 다리를
만들어주느라 머리가 다 벗어져 몸은 검고 머리는
하얗게 되어 돌아간다고 한다. 이날 오는 비는 둘이
만나 흘리는 기쁨의 눈물이며 이튿날 아침에 오는
비는 이별의 눈물이다.

전차 *The Chariot*

정면 돌파를 두려워하지 않는 강인함

결의에 가득 찬 표정으로
한치의 망설임 없이 전장으로 뛰어드는 강인한 자.
그 맹렬한 기세가 하늘을 찌를 듯하다.

정방향	역방향
맹렬한 기세	통제 불능의 상황
강한 신념과 도전	무리한 강행
넘치는 에너지	선을 넘은 행동

그림 상징

장군의 투구

승리/ 소신 있는 행동
권력/ 맹렬한 기세
정면 돌파/ 단호함/ 보호

밝은색/ 어두운색 표범(스핑크스)

밝은색 표범: 선한 열정
긍정적 에너지/ 노력
어두운색 표범: 욕망/ 탐욕
부정적인 열망

날개

승리/ 희망/ 상승의 기운
기회를 얻다/ 좋은 에너지

북두칠성(별)

주목을 받다/ 인기인
명예로움/ 우주의 기운
수호/ 승리

색 상징

노랑 태양/ 노력/ 승리/ 광명
자주 정열/ 도전/ 중립적/ 균형

검정 권력/ 위엄/ 힘/ 무게감
진한 파랑 냉정함/ 차가움

전차 *The Chariot*

해석

정방향 과감하게 나아가다	과감하고 맹렬하게 앞을 향해 나아갈 때다. 넘치는 의욕과 에너지를 바탕으로 평소 도전하고 싶었던 일에 두려움 없이 뛰어들어도 좋다. 자신만의 신념을 갖고 당당하게 나아가면 찬란한 성공이 기다리고 있다.

정면돌파 망설일 여유는 없다. 지금 느껴지는 강한 에너지와 의지를 가지고 빠르게 행동으로 옮기는 것이 중요하다. 강력한 추진력으로 돌진하는 만큼 어떠한 장애물도 문제없지만 때때로 주변을 돌아보는 신중함도 잊지 말자.

지나치게 넘치는 에너지의 방향을 잘못 잡게 되면 생각과는 전혀 다른 방향으로 나아가다 후회하는 경우가 생길 수 있다. 무조건 밀어붙이기보다는 잠시 멈춰 서서 주변의 상황을 함께 돌아보며 현명한 판단을 내리는 것이 중요하다.	역방향 통제 불능

적용

◆
정방향

넘치는 의욕이 느껴진다/ 새로운 목표가 두렵지 않다/ 경쟁에서 우위를 점한다
기분이 좋고 활력이 넘친다/ 의욕적이다/ 성공을 하고 싶은 욕구가 넘친다
새로운 방향이 보이기 시작한다/ 하고 싶은 일을 시작하면 좋다
도전을 두려워하지 말 것/ 나만의 소신을 갖고 행동하자/ 추진력을 가질 것

통제 불능의 상황이 난감하다/ 방향 설정이 잘못되어 있다/ 피로가 누적되었다
무계획적으로 달려들고 있다/ 평정심을 완전히 잃어버렸다/ 경쟁에 지쳤다
중단해야 하는 시점을 놓치고 지속하는 것을 끊어야 한다/ 계획적으로 실행하자
선택의 두려움을 떨쳐내자/ 우물쭈물하지 말고 단호하게 나아가자

◆
역방향

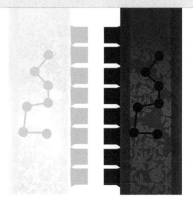

어떠한 적도 격파하라, 초요기

북두칠성 요광성의 힘을 그려 넣다

초요기는 조선시대 전진戰陣에서 대장이 장수들을 불러들일 때
흔들어 신호를 보내는 깃발이다. 이 깃발에는 우주를 다스리는
북두칠성을 그려 넣었는데, 특히 그중 일곱 번째
별은 요광성이라 하여 전쟁의 승패를 좌우하며
어떠한 적군도 격파한다는 의미를 가지고 있다.

세상 두려울 것이 없는 존재, 범

한반도에 살았던 아무르 표범

한반도에는 호랑이와 함께 한국 표범, 조선 표범으로 불리던 범이 있었다. 호랑이
못지않게 친숙하며 두려울 것이 없는 먹이사슬의 최상위 포식자였던 조선 표범은
일제강점기 일본의 무자비한 포획으로 개체 수 급감, 1962년 포획 이후 자취를
찾아보기 힘들다.

작가 노트

황금 보기를 돌같이 하라,
청렴 강직했던 무관, 최영 장군

오랜 시간 무덤에 풀조차 나지 않았던 올곧음

'황금 보기를 돌같이 하라', 아버지의 유언을
받아 평생을 올곧게 산 고려 말 무관 최영 장군은
강직한 성품과 거침없는 승전보로 고려 말
환란을 해결하며 최고의 자리에 오른 고려 최고의
무장이지만, 신흥 무장세력인 이성계와의 불화로
결국 고려의 마지막 역사로 사라져야만 했다.
유배지에서 돌아온 최영 장군에게 '왕의 말을
우습게 여기고 권세를 탐한 죄'를 들어 참형에
처하려 하자 자신이 탐욕이 있어 권세를 탐했다면
무덤에 풀이 자랄 것이고 결백하다면 풀이 자라지
않을 것이라 유언을 했는데, 실제로 그의 무덤에는
오랜 세월 동안 풀이 나지 않았다. 그의 강직함은
존경스럽지만, 고집스러울 만큼 앞만 보고 가던
강한 신념은 새로운 시대의 흐름을 받아들이지
않아 결국 아쉬운 결말을 남겼다.

8

힘 Strength

강함을 다스리는 부드러운 정신력

무한한 사랑과 온화하고 부드러운 정신력으로
상대에게 다가가 신뢰를 쌓는다면 어떠한 상대도
나의 편으로 다가와 있을 것이다.

정방향	역방향
지혜롭게 이겨내다	공격적인 자세
외유내강	배신과 오해
강한 의지력	애정 결핍

그림 상징

무한대
무한한 사랑/ 끝없는 인내
동정심/ 열정/ 정신력
지혜로움

활짝 핀 꽃들
풍요로움/ 아름다움
매력적인/ 여유로운
화합과 열정

호랑이
동물적 본능/ 잠재적인 위협
두려움의 대상
눈치를 살피는 대상

호랑이를 어루만지는 손
따듯한 유대감/ 깊은 배려
긍정적 자세/ 리더십
적절한 완급 조절

색 상징

노랑 희망/ 유대감/ 지혜/ 소통　　**초록** 안정/ 안전/ 평화/ 희망
빨강 정열/ 에너지/ 매력/ 사랑　　**파랑** 편안함/ 명상/ 사려 깊은 마음

힘 *Strength*

해석

정방향 신념과 노력	신념을 가지고 가식 없이 소신껏 행동하는 자세야말로 상대방과 견고한 신뢰를 쌓기에 좋다. 주어진 상황을 지나치게 밀어붙이기보다 내면의 힘을 믿고 차근차근 이끌어가다 보면 누구든 나의 편이 되어줄 것이다.

외유내강　평정심을 유지하며 내면의 본능을 잘 다스린다면 풍요로운 현실과 안정적인 관계를 유지할 수 있을 것이다. 본능에 따른 지나친 욕심과 고집은 성난 맹수가 되어 나를 공격할 수도 있으니 늘 주의하자.

지나치게 높게 설정된 목표나 자기중심적인 행동은 여유를 잃게 하고 힘으로만 해결하려 하는 역효과를 만들게 된다. 긴장감을 내려놓고 온화한 자세로 긍정적인 노력을 기울여야만 지금의 상황을 좋게 해결할 수 있다는 점을 잊지 말자.	**역방향** 나약한 마음

적용

정방향

다루기 어려운 사람과 엮여 있다/ 상황에 맞는 신중한 계획이 필요하다
좋게 해결하고 싶은 마음이 크다/ 마음의 여유를 갖고 싶다
현명한 사고는 위기를 기회로 만들 수 있다/ 인내가 필요한 상황이다
싸움보다는 현명한 대화가 필요하다/ 따뜻한 말과 배려하는 자세를 가질 것

지쳐버린 마음/ 끈기가 부족한 상황/ 포기하고 싶은 마음/ 불편함
무기력한 마음이 든다/ 생각 없이 힘으로 해결하려 한다/ 소극적인 자세
중도 포기의 상황이 닥친다/ 나의 의견과 상관없이 힘으로 굴복되는 상황
힘들다면 잠시 머리를 식혀보자/ 억지로 밀고 나가기보다 차분히 다시 생각할 것

역방향

강함의 상징, 두려움이자 경외감의 대상, 호랑이

악운을 물리치는 수호신

우리 선조들에게 호랑이는 강한 힘의 상징이자 두려움의 대상인 동시에 익숙하고 때로는 익살맞은
존재였다. 단군 신화부터 88 서울 올림픽 마스코트까지 호랑이는 우리에게 무척 친숙한 존재이다.
호랑이 그림이 그려진 부적은 악운을 물리치는 데 최고로 여겨지며, 호랑이와 까치 또는 매와 함께
그려 넣은 그림은 악귀와 삼재를 막아준다. 또 각섬석의 일종인 호안석은 보는 방향에 따라 빛이
달라져 마치 호랑이의 눈처럼 보여 몸에 지니고 있으면 저주나 악운을 막는 부적이 되어준다.
이 외에도 호랑이 가죽, 이빨, 발톱, 수염 등을 지니고 있으면 나쁜 기운을
막아준다고 믿었으니, 호랑이만큼 강력하고 친숙한 존재도 없다.

온화한 품성과 부드러움으로
시련을 극복한 인현왕후

부드럽고 온화한 품성으로 악독한 여인
장희빈에 맞서 이기다

숙종이 총애하던 후궁 장희빈은 아들을 낳지 못하던
인현왕후를 대신해 세자를 낳아 엄청난 권력을 쥐고
중전의 자리까지 넘보며 갖은 모략과 술수를 동원해
결국 인현왕후를 폐출시킨다. 장희빈의 모함과
사악한 술수를 알고 있음에도 품성이 어질었던
인현왕후는 장희빈과 대립하지 않고 궁에서
내쫓긴 채 고단한 생활을 이어갔다.
세월이 지나 장희빈의 악독한 성격이
드러나고, 숙종은 어질었던 인현왕후를
그리워하며 자신의 잘못을 뉘우쳐 그녀를
다시 정비의 자리에 앉힌다. 그럴수록 위기를
느낀 장희빈은 더욱 악독하게 밤낮으로 계략을
꾸미고 저주를 내뿜지만, 어질고 온화한 성품의
인현왕후는 모든 위기를 헤쳐나간다. 결국 사악한
계략이 만천하에 드러난 장희빈은 사약을 받고
쓸쓸히 최후를 맞이한다.

9

은둔자 *The Hermit*

내면의 거울 깊은 곳을 들여다보다

속세를 벗어나 마음속 깊이 명상하며
그간의 시간을 돌아보고
조용히 내면의 안정과 진리를 탐구하다.

정방향	역방향
내면의 성찰	외로움
지혜와 성숙함	현실 외면
조용하고 평온함	모호함

그림 상징

등불
구원/ 보호/ 지혜로움
깨달음/ 진리를 좇다
신념/ 평온함

장옷
비밀/ 중립/ 고독
자신의 존재를 숨기다
드러나지 않음

나비
속세와의 거리/ 가벼움
생각의 자유로움
이상적인

파란 장미
차가움/ 신비로움
은밀한 관계
미스터리

색 상징

노랑 희망/ 지혜/ 내면의 빛
박하 청량/ 해소/ 깨달음

검정 고요함/ 깊은 생각/ 무게감
진한 파랑 냉정함/ 신비로움

은둔자 *The Hermit*

해석

정방향 자신만의 세계	속세를 벗어나듯 시끄러운 주변을 떠나 자신만의 세계에서 마음의 소리에 귀를 기울인다면 내면 깊은 곳 자신의 목소리를 듣고 평정을 찾을 수 있다. 세상의 관습이나 전통을 넘어 자신만의 소신을 찾아 묵묵히 앞으로 나아가보자.

자아성찰　침착하고 차분하게 자신의 내면을 들여다보며 문제의 원인을 해결하고 옳은 답을 찾아가는 과정은 매우 중요하다. 하지만, 지나치게 자신만의 생각에 갇히지 않도록 주의하도록 하자.

지나치게 안으로 파고들면 외로워지기 마련이다. 어둠 속에서 빛나는 등불에 시선이 이끌리기 마련이지만, 작은 등불만 바라봐서는 시야가 좁아질 수밖에 없다. 때로는 용기를 내서 등불 밖의 공간까지 둘러볼 용기를 갖는 것이 중요하다.	**역방향** 고독과 외로움

적용

◆
정방향

인간관계가 버겁게 느껴진다/ 큰 변화 없이 평온하다/ 진전이 없다
혼자만의 시간이 필요하다/ 말이 없고 조용한 상태/ 침착하고 내성적이다
정신적으로 이끌어줄 누군가를 만난다/ 신념이 생긴다
여행을 떠나 머리를 식히자/ 혼자 외로워하지 말고 주위의 의지할 대상을 찾을 것

고립된 느낌이 든다/ 외로움이 크다/ 고집을 부리고 있다
잘못된 사고방식을 고수한다/ 타인을 만나도 즐겁지 않다/ 타인을 의식하고 있다
자신의 생각을 남에게 강요한다/ 고독과 외로움으로 힘이 빠진다
타인의 의견도 유연하게 받아들이자/ 기죽지 말고 스스로 용기를 낼 것

◆
역방향

나비의 꿈, 호접몽과 구운몽

내가 나비인가, 나비가 나인가. 인생무상

장자가 어느 날 나비가 되는 꿈을 꾸고 나서 내가 나비였나, 나비가 나였나라고 말하며 만물이 하나임을 설파하였는데 그 꿈에 대한 이야기가 호접몽이다. 꿈과 현실의 구분이 없다는 호접몽의 철학을 바탕으로 한 『구운몽』은 조선의 김만중이 유배 중에 어머니를 위해 만든 한글 소설이다. 하늘나라 육관 대사의 제자 중 성진이라는 자가 상념에 사로잡힌 죄로 인간 세상이라는 지옥으로 떨어진다. 성진은 양소유라는 인물이 되어 많은 모험을 하며 여러 부인을 거느리고 부귀영화를 누리지만 끝내 인생무상을 느끼고 우연히 만난 노승에게 도를 닦겠다고 하자 노승이 지팡이를 두드려 주변의 모든 것을 사라지게 한다. 이윽고 성진은 양소유였던 꿈에서 깨어나 부귀영화를 탐하던 자신의 죄를 뉘우치며 다시 극락으로 돌아가는 것으로 이야기는 끝난다. 현실의 무념무상을 알고 내면세계와 마주하여 깨달음을 얻어 극락으로 간다는 이야기가 속세에서 이루는 성공이 아닌 자아의 성찰과 내적 평화를 통해 완벽한 자신을 이룰 수 있다는 은둔자 카드의 교훈과 비슷하다는 생각을 해본다.

유배지에서 은둔하며 완성한 다산 정약용의 위대한 업적

은둔 속에서 절망을 딛고 업적을 꽃피운 다산 정약용

다산 정약용은 조선시대 뛰어난 실학자였지만 신유박해 때 천주교도로 몰려 옥고를 치르다 강진으로 유배되어 가족과 떨어진 채 홀로 18년의 귀양살이를 했다. 그는 세상과 떨어진 곳에서 좌절하지 않고 역경을 이겨내며 500여 권이 넘는 방대한 양의 집필활동을 했다. 그중 『목민심서』에서는 백성을 다스리는 목민관의 기준으로 자신을 다스리고 공무에 봉사하며 백성을 사랑하라 가르쳤고, 또 『흠흠신서』에서는 백성들의 생명을 소중히 하고 보호해야 하는 관료의 역할을 제시하여 후대에 큰 가르침을 남겼다.

운명의 수레바퀴

IO

운명의 수레바퀴 *Wheel of Fortune*

운명처럼 찾아오는 찰나의 순간

상승과 하락을 반복하며 멈추지 않고
계속해서 회전하는 수레바퀴의 움직임,
그 찰나의 순간 찾아드는 기회와 운명의 선택을 받아들일 것.

정방향	역방향
상승하는 기운	하강하는 기운
다가오는 행운	어긋나는 타이밍
운명적인 순간	기회를 놓치다

그림 상징

팔괘와 수레바퀴

낙관적/ 무한한 가능성
새로운 출발/ 다재다능
착수/ 기회/ 반복/ 순환

고양이와 검(스핑크스)

고양이: 수호자/ 관리자
지배자/ 신비로운
검(소드): 상황을 판단함
단호함/ 시간을 관리함

**4원소: 불, 물, 바람(구름),
땅(동백 가지)**

불: 강렬함/ 추진력/ 열정/ 힘
물: 직관적 사고
바람: 자연의 흐름
땅: 생명/ 토대/ 기회

바퀴를 돌리는 손

기회를 잡다/ 현실에 순응
정답을 찾아내다
스스로의 선택

색 상징

노랑 가치/ 황금/ 희망/ 축복
빨강 정열/ 에너지/ 힘/ 사랑

남색 무게감/ 창조/ 깊이/ 신뢰
하양 정직/ 흐름/ 순수/ 소박함

10

운명의 수레바퀴 *Wheel of Fortune*

해석

정방향 상승의 기회	상승의 기운을 타고 생각지도 못한 기회나 행운이 찾아들어 하고자 하는 일들이 잘 풀려나간다. 다가오는 기회를 잡기 위해서는 순간 선택의 망설임이 없어야 한다. 기회와 행운은 한없이 기다려주지 않는다. 직관을 믿자.

새옹지마　시간의 바퀴는 멈추지 않고 계속해서 구르지만 어느 방향으로 구르느냐에 따라서 상황은 늘 달라질 수 있다. 이것이 기회일지, 위기일지 정신을 맑게 하고 지켜보며 일어날 일들을 차분히 받아들이도록 하자.

바퀴가 한번 구르기 시작하면 아무리 노력해도 걷잡을 수 없이 원치 않는 방향으로 흘러가버리는 경우가 있다. 고집이나 자존심을 버리고 현실을 받아들이며 더 이상 상황이 나빠지지 않도록 잠시 숨 고르기를 하는 것이 낫다.	**역방향** 이미 일어난 일

적용

◆
정방향

답답했던 일들이 조금씩 해결돼가고 있다/ 뜻밖의 행운이 찾아온다
운명적인 선택을 한다/ 직감적인 판단으로 자신감을 얻는다/ 망설임이 없다
역동적인 변화가 찾아온다/ 지금의 상황이 계속해서 바뀌고 있다
흐름을 잘 활용해서 타이밍을 잡자/ 반복적이고 꾸준한 노력이 필요하다

자꾸만 겉돌고 있다/ 노력을 해도 진척이 없는 느낌이 든다/ 반복적인 생활
예상하지 못한 상황에 말려든다/ 따분하고 답답한 기분이 든다
반복적인 상황에서 매너리즘에 빠진다/ 수동적인 태세/ 모순된 기분
하강이 있다면 상승도 온다/ 빗나간 예상에 집착하지 말고 다음 기회를 기다릴 것

◆
역방향

조선 임금의 고양이 사랑

조선 왕실의 집사, 숙종

흔히 조선시대의 반려동물을 생각하면 고양이보다는 집집마다 꼬리를
흔들며 주인을 반기고 있을 개를 떠올리기 마련이다. 유교 국가였던
조선은 어딘지 모르게 영물이라 하는 고양이를 무서워하는 성향이 있었던
것 같다. 하지만 조선시대에도 애묘가들은 존재했으니, 그중 가장 유명한
집사인 숙종의 일화가 유명하다. 숙종이 부왕의 능으로
참배 가던 길에 굶주린 노란 털의 고양이를 발견하고 금덕이라는
이름을 직접 붙여주며 늘 곁에 두고 정무를 보았다. 금덕이가 새끼를
낳고 얼마 못 가 죽자 새끼 이름을 금손이라 이름 지어주고 애지중지하며
곁에 두었다. 이 고양이는 자기 이름을 부르면 곧장 달려왔고 늘 임금의
곁에서 잠들었다고 한다. 숙종이 승하하자 금손이는 궁녀가 주는 고기와
생선도 먹지 않으며 며칠을 슬피 울었다고 전한다. 금손이도 세상을
떠나자 숙종의 묘소 옆 길가에 함께 묻어주었다.

삼라만상을 담은 여덟 가지의 괘

자연의 기본 요소와 기운으로 길흉화복을 알다

팔괘는 역학에서 자연과 인간의 본질을 인식하고
설명하는 기호이다. 다양한 팔괘의 해석이 존재하며
조선의 팔괘는 다산 정약용이 정리한 팔괘 도표가
있다. 자연계 구성의 기본이 되는 하늘, 땅, 못, 불,
지진, 바람, 물, 산을 상징하며 이어진 선과 끊어진
선의 모양을 이용하여 현상과 관계를 설명한다. 조선
국왕의 어기에는 팔괘의 선을 모두 사용하였다가
그중 건, 곤, 감, 이를 남겨 지금의 태극기가 되었다.
가장 기반이 되는 태극 문양은 음양의 조화를
상징하는데 이것이 훈민정음의 기본 원리가 될
정도로 팔괘는 우리 민족에게 뿌리 깊은 상징이라 할
수 있다. 세상의 이치와 삼라만상을 담은 팔괘 안에서
운명의 희로애락과 길흉화복을 점치는 것은 현명하게
미래를 바라볼 수 있도록 선조들이 남긴 세상의
지혜라 할 수 있다.

정의 *Justice*

합리적이고 올바른 선택

이성적 판단과 공평함으로
사사로움에 빠지지 않고 모든 일을
바르게 처리하며 균형을 유지한다.

정방향	역방향
공정과 중립	부당함과 불이익
정직함과 공평함	지나친 정직함
원리 원칙과 균형	불균형한 착취 관계

그림 상징

천칭과 검

천칭: 공명정대/ 공평함
균형/ 심판/ 중재
검: 판결/ 권위/ 엄격함
결단력

대나무

절개/ 불의에 타협하지 않는
곧은 자세/ 올곧음
높은 곳으로의 성장

매

용기/ 심판/ 척결/ 처단
용맹/ 강한 의지

관모(전립), 공작 깃털

권위/ 이성적 판단
도덕/ 재판/ 논리/ 지위

색 상징

노랑 권력/ 지혜/ 현명함/ 성실
갈색 안정됨/ 견실함/ 토대

검정 권력/ 위엄/ 힘/ 무게감
감람색 차분함/ 용맹/ 고결함

II

정의 *Justice*

해석

정방향 원리 원칙	감정에 치우치지 않고 원리 원칙에 입각한 합리적인 사고를 통해 상황을 통제하고 있다. 신중한 선택에 있어 다소 까다로운 조건이 많아질 수 있으니 유연한 사고를 통해 올바른 균형을 찾는 것이 중요하다.

완벽한 균형

완벽하게 대칭된 기둥 사이로 서 있는 법관은 감정이 드러나지 않은 채 근엄한 표정으로 심판을 준비하고 있다. 모든 것은 공정하고 균등하게 놓이며 완벽한 균형 아래에서 마음의 안정이 찾아온다.

이성적이지 못한 감정적이고 개인적인 판단이 균형을 무너뜨린다. 이익이나 관계 어느 한쪽만을 우선시하는 불균형이 결국 부당함이나 불평등과 같은 악재로 다가올 수 있다. 균형을 되찾을 수 있도록 부정적인 생각들을 과감히 내려놓자.	**역방향** 부당함과 불평등

적용

◆ 정방향	신중하고 계산적인 상황/ 재는 것이 많아진다/ 안정적인 절제가 필요하다 계산적인 생각으로 다소 예민해진다/ 어느 쪽의 편도 들고 싶지 않다 노력한 만큼 받는 정당한 결과/ 양심에 따라 올바른 행동을 한다 감정보다는 이성과 현실적인 상황을 우선 보자/ 부도덕적인 행동은 피하라

불평등한 상황에 놓여 있다고 느낀다/ 어딘지 모르게 양심의 가책이 든다 부당한 상황에 분개하고 있다/ 이기적인 행동을 하고 있다/ 얌체 같은 행동 정직하지 않은 행동을 하고 있다/ 타인을 지나치게 의식하고 비교한다 이기적인 행동과 생각을 중단할 것/ 자기 이익만 따지기보다 균형 있는 사고를 할 것	◆ 역방향

58

작가 노트

용맹의 상징, 매

공중전의 대가, 용맹한 맹금류, 조선의 매

용맹의 상징으로 서양의 독수리가 있다면 우리나라에는 단연 매가
으뜸이다. 예로부터 용맹한 매는 통치자 또는 간사한 자를 척결하는
영웅으로 이야기 속에 등장한다. 고려시대와 조선시대에는 매 또는
매 그림이 왕의 하사품으로, 외교 선물과 교역품으로 그 용맹한
상징성과 의미를 전하였다.

대나무에 빗대어 절개를 칭송하다

불의에 타협하지 않는 '대쪽 같은 자'

사시사철 푸르르며 형태가 곧고 속이 비어
있는 대나무를 보면서 선조들은 겸손하며
청렴하고 불의에 타협하지 않는 그 올곧음을
닮고자 했다. '대쪽 같은 자'라는 표현은 대를
쪼갠듯이 휘어짐 없이 곧은 모습처럼 자신의
신념에 흔들림이 없고 불의나 부정과는 일체
타협하지 않는 지조 있는 사람을 말한다.
『경국대전』의 기록을 보면 화원을 뽑는 시험
과목 중 산수화나 인물화보다도 대나무
그림에 높은 점수를 부여할 만큼 지조와
절개의 상징인 대나무는 선조들의 사랑을
많이 받았다.

매달린 사람

12

매달린 사람 *The Hanged Person*

고립된 상황 속에서 깨달음을 얻은 자

고치 속 애벌레처럼 현실의 상황은 뜻대로 움직여지지 않지만,
차분하게 내면을 들여다보며 깨달음을 얻는다면
곧 화려한 나비로 변화할 날이 올 것이다.

정방향	역방향
고립된 환경	불만족스러운 상황
발상의 전환	현실 회피
인내와 깨달음	답답한 마음

그림 상징

후광, 평온한 얼굴

정신적인 힘/ 수용
인내와 평정
자아의 발견

묶인 발

고립/ 시련/ 고통
외로움/ 무력함
고독

나뭇잎과 만개한 꽃

내면의 발견
강인한 생명력/ 자아실현
새로운 영감과 아이디어

합장한 손

깨달음/ 기다림
현실을 겸허히 받아들임
평정/ 고행의 삶

색 상징

노랑 깨달음/ 지혜/ 축복/ 희망
밝은 갈색 부족함/ 거리감/ 결핍
회색 모호함/ 답답함/ 명상
남색 깊은 사색/ 생각/ 정지

매달린 사람 *The Hanged Person*

해석

정방향 내면을 보다	고립되고 외로운 환경에 무기력마저 느껴지는 피곤한 상황이다. 하지만 관점을 바꾸어 자신의 상황을 스스로 바라보며 잠시 내면의 평정을 찾다 보면 지금의 문제점을 객관화하고 반성의 시간을 통해 앞으로 나아갈 기회를 얻을 수 있다.

잠시 멈춤 때로는 혼자만의 힘으로 어찌할 도리가 없는 상황이 닥칠 때가 있다. 지나치게 밀어붙이기보다 잠시 멈춰 서서 현실을 받아들이고 사색할 여유를 찾는 것이 답답한 상황을 벗어나는 최고의 방법이 될 것이다.

시련은 지나가기 마련이다. 고립된 상황을 무리하게 발버둥치며 피하려고만 하면 더 깊이 고립된 상황으로 떨어질 수 있다. 자신의 무력함과 오류를 인정한다면 한결 가벼워진 마음가짐으로 성숙한 단계에 이를 수 있을 것이다.	역방향 무리한 현실 도피

적용

◆ 정방향	스스로 어찌할 수 없는 상황/ 지치고 무기력한 상황/ 고립된 환경 고통스러운 상황을 견디는 중이다/ 지금 상황이 주는 무력함에 지친다 역경을 지나고 나면 성장한 자신이 있다/ 내면의 짐을 정리하게 된다 당장 결정을 내리기보다 객관적으로 문제를 파악하자/ 겸손하게 문제를 받아들일 것

성급한 행동으로 인한 고립/ 부정적인 행동의 반복/ 벗어나고 싶은 상황 지금 상황에서 도망치고 싶다/ 자포자기한 심정이다/ 해결하기보다 짜증이 난다 받아들이지 않는다면 고통은 더 커질 수 있다/ 지나치게 자신만을 보고 있다 혼자서 해결이 어렵다면 전문가의 조언을 들어보자/ 인정하고 내려놓을 것	◆ 역방향

남성 중심 사회에서 자신을 알린
조선의 천재 여성 시인, 허난설헌

**자유롭지 못한 시집살이와 여성의 재능을 인정하지 않는
현실 생활의 답답함을 시로 풀어내다**

호는 난설헌, 본명은 초희.『홍길동전』의 저자인 허균의 누나이다.
8세에 비범한 시를 쓰며 신동이라 칭송받았다. 그러나 안타깝게도
조선은 여성에게는 글조차 가르치지 않는 남성 중심의 사회였다.
그녀는 15세의 나이에 친정과는 달리 보수적이고 답답한 가풍을
가진 명문가의 자제와 혼인한다. 혹독한 시집살이 중 두 아이를
병으로 잃고 친정 식구들이 잇따른 객사로 세상을 떠났지만
여성의 재능을 인정하지 않는 시댁 식구들과 무능한 남편이
있는 시가에 발이 묶인 채 오도 가도 못 하여 답답한 처지를 시로
쓰며 아픔을 이겨냈다. 안타깝게도 허난설헌은 27세로 세상을
떠났고 그녀의 작품은 유언에 따라 모두 불태워졌지만, 동생
허균이 누나의 재능을 아까워하며 친정에 두고 간 시들을 모아
『난설헌집』을 펴냈다. 이 시집은 중국부터 일본까지 큰 관심과
인기를 모았다. 고립된 환경과 뜻대로 움직일 수 없는 답답한 상황
속에서도 그녀의 작품만큼은 매달린 사람의 온화한 표정처럼
자신의 내면을 아름답게 성찰해내었다.

감우感遇 / 허난설헌

창가에 하늘거리는 아름다운 난잎과 줄기 어찌 그리 향기로울까
가을 서풍 한바탕 스치고 나서 찬서리에 그만 시들어버렸네
빼어난 그 모습 이울어져도 맑은 향기 끝내 그치질 않기에
이것이 내 마음 아프게 하여 자꾸만 옷깃에 눈물 적시네

13

죽음 *Death*

새로운 출발을 위한 끝과 시작

밤이 지나고 아침이 찾아오듯 죽음을 넘어선 곳에서의 새로운 탄생,
다음 단계로 가기 위한 도약을 상징한다. 모든 것을 받아들이고
앞으로 나아가면 반드시 저 너머에는 새로운 미래가 펼쳐질 것이다.

정방향	역방향
다음 단계로의 성장	상처와 부적응
결심이 선다	답답한 마음
세상의 섭리	용기의 부족

그림 상징

해골

무언가를 끝내다/ 죽음
중요한 사람과의 이별
모든 것은 세상의 섭리
깨끗이 정리하라/ 윤회

떠오르는 태양

다음 단계로 향하다
인생의 전환점
새로운 모습/ 세대교체
변화

흑,백장미와 안개꽃

순수한 사랑/ 간절한 사랑
깨끗한 마음/ 완전한 소유
죽음/ 슬픔

까마귀

죽음의 예고
소통의 단절/ 강한 충격
어두움/ 전쟁

색 상징

검정 죽음/ 포용/ 끝/ 흡수
빨강 새로운 시작/ 전환점/ 변화

어두운 회색 강한 충격/ 세대교체
하양 순수함/ 망설임/ 깨끗함

13

죽음*Death*

해석

정방향 새로운 단계	죽음으로 인한 소멸의 단계를 받아들이고 다음으로 나아가기 위해 준비한다. 이 과정에서 예상치 못한 고통과 슬픔이 있을 수 있다. 하지만 곧 아픔을 딛고 새로운 과정 으로의 도약을 향해 갈 수 있을 것이다.

소멸과 재생   죽음은 두려움의 존재가 아니라 소멸을 통한 새로운 탄생을 의미한다. 당당히 받아들이면 새로운 길이, 두려움에 나아가지 못한다면 어둠과 고통이 지속될 것이다.

도약에 있어 망설임은 지지부진한 상황만 길게 끌어 고통이 지속될 뿐이다. 결단이 없으면 변하는 것도 없다. 새로운 시작은 두렵기 마련이다. 힘을 내서 지금의 상황을 마무리 짓고 새로운 자신이 될 시간을 기꺼이 받아들이자.	**역방향** 진퇴양난

적용

◆
정방향

종결/ 변화의 파도/ 이별의 아픔/ 인생의 전환점/ 완벽한 결말/ 끝
집착을 버리다/ 선택의 기로/ 단념하다/ 미래를 향한 마음
새로운 모습으로 변화한다/ 관계나 상황이 의도치 않게 정리된다
깨끗하게 정리하고 새출발할 것/ 새로운 시작을 기대해도 좋다

침체기/ 흐지부지한 마음/ 적응하지 못한 변화/ 인정할 수 없는 결말
아직 버리지 못하는 마음/ 확실히 맺지 못하고 지지부진하다
지속적인 고뇌가 생길 수 있다/ 현재 상황을 멈추지 못한다
긴 망설임은 상황을 나쁘게 만들 수 있다

◆
역방향

작가 노트

죽음을 바라보는 시선

서양의 저승사자는 무시무시한 해골 형상에 큰 낫을 든, 위협적이고 공포스러운 느낌이지만 우리나라 저승사자는 저승으로의 긴 여행을 위한 동행자나 안내자의 느낌이 든다. 죽음은 두려움과 공포의 대상이 아니라 또 다른 세계로의 여행을 떠나는 여정이다. 수명이 다하는 죽음뿐 아니라 인생에서 소멸되는 모든 순간에도 안내자가 함께하기를.

까마귀 이야기

까마귀는 왜 죽음의 상징이 되었을까?

제주도 차사본풀이를 들어보면 저승사자 강림과 까마귀의 이야기가 있다. 강림이 인간의 수명이 적힌 적패지를 맡기며 까마귀에게 인간을 데려오는 임무를 맡겼지만, 까마귀가 솔개와 싸우다가 적패지를 떨어뜨려 잃어버리는 통에 수명을 마음대로 떠들고 다녀버렸다. 그 바람에 수명에 순서가 없어지고 어린이가 노인보다 먼저 죽는 일이 생기게 되었다. 이 일 이후로 까마귀가 울면 불길한 일이 생긴다는 이야기가 전해진다.

저승사자의 역사

〈전설의 고향〉 그리고 검물덕 여인과 생사귀

우리가 흔히 저승사자라고 하면 떠올리는 갓 쓴 남자의 이미지는 의외로 TV 드라마 〈전설의 고향〉을 통해 알려진 모습이라고 한다. 예로부터 전해진 것은 아니지만 어찌 되었든 지금은 저승사자라고 했을 때 가장 보편적인 모습이 된 것도 사실이다. 좀 더 오래 구전된 설화를 찾아보면, 한국 무속신앙 속 서천불국세계 바닷속에 사는 검물덕 여인 이야기를 볼 수 있다. 검물덕 여인은 조선 사람들의 이름과 수명이 모두 적힌 『조선국인명총록책朝鮮國人名摠錄冊』이라는 책을 가지고 있다. 검물덕 여인이 때때로 낳은 아이는 생사귀라 하여 그 모습이 까만 머리에 다섯 갈래 뿔이 나 있다. 생사귀는 인명총록에 따라 수명이 다 된 사람을 저승으로 데려간다.

14

절제 *Temperance*

조화와 균형을 통한 새로운 창조

서로 다른 상황들이 모여 생기는 다양한 교류와
균형을 이루는 현실들을 통해
새로운 깨달음과 감정이 피어난다.

정방향	역방향
조절과 균형	극단적인 다툼
순조로운 발전	부조화
유연함	소통의 단절

그림 상징

연못의 안과 밖

연못 안: 잠재의식
내적 생각/ 연결
연못 밖: 현실

흐르는 물

융통성/ 순리/ 흐름
조화/ 균형
대화

수선화

좋은 환경/ 신비로움
존경/ 자기애
관심의 대상

두 개의 병

감정적 조화/ 소통
통합의 과정/ 절충안

색 상징

노랑 희망/ 매력/ 조화/ 기쁨
남색 사색/ 깊은 생각/ 융합

박하 청량/ 해소/ 깨달음
파랑 냉정함/ 신선함/ 의식

절제 | *Temperance*

해석

정방향	
적극적 수용	서로의 생각이나 마음은 다르지만 열린 마음으로 소통하며 조화로운 결과에 이른다. 다양한 의견을 통해 교류하며 새롭고 만족스러운 환경을 만들어 적절한 절제를 통해 균형 있는 상태의 만족감을 가진다.

균형과 조화 차분한 표정의 천사가 물에 발을 담근 채 익숙한 손놀림으로 두 개의 병에 든 물질을 자연스럽게 섞고 있다. 극과 극이 섞이더라도 결국 중도에 평화로운 상태에 이르게 된다.

	역방향
일방적으로 받아들여야 하는 상황은 누구에게나 불편하다. 소통 없는 대화는 단절을 불러오기 마련이다. 자신의 방식을 밀어붙이기보다 주어진 상황을 적절히 융합하며 새로운 소통 방식을 찾아내는 것이 중요하다.	**고집불통**

적용

◆
정방향

알맞은 상태/ 소통과 교류를 통해 경험을 넓히는 상황/ 통합이 필요한 상황
침착한 반응과 평온함/ 평화로움/ 정서적인 성숙과 안정
의견의 통합이 필요하다/ 타협과 대화를 통한 마음의 평정을 유지한다
변화에 흔들릴 필요 없이 그대로 받아들일 것/ 지나치게 큰 욕심을 내지 말 것

타인과의 소통이 불편한 상황/ 일방적인 교류와 소통/ 반복되는 충돌
경직된 사고방식/ 타인의 의견을 듣고 싶지 않다/ 불균형적인 고집을 부리고 있다
예상치 못한 통합에 난감하다/ 소통 없이 자신의 방식만을 고집하려 한다
지나치게 조절에 집착하지 말 것/ 서로 맞지 않는 성향이다

◆
역방향

작가 노트

평생을 함께 의지하며 하늘을 나는 짝

**고매한 기품과 장수의 상징,
서로 의지하며 평생을 함께하는 영원한 짝, 두루미**

두루미는 신선이 타는 새다. 천년을 산다 하여 장수를 상징하며 우아한 기품은
문무관들의 흉배를 수놓았다. 선조들은 도포자락을 두루미 날개처럼 만들었으며,
학춤을 추어 풍류를 즐겼다. 두루미는 암수가 짝을 맺으면 평생을 함께하기도 한다.
지치고 고단한 먼 하늘길을 서로 의지하며 날아 살기 좋은 곳으로 철마다 이동한다.

균형과 조화의 유물, 청자와 백자

흙과 불로 빚은 마술 같은 조화

선조들은 선사시대부터 토기를 사용했다. 불을
다루는 솜씨가 좋아지면서 토기는 도기와
자기로 나뉘어 다양한 용도로 만들어졌다.
특히 고려청자와 조선백자는 고운 빛깔의
흙과 철분, 고열의 불을 가열하여 우아하고
아름다운 자태를 뽐냈다. 그 과정은 결코 쉽지
않았는데 좋은 재료들을 배합하여 모양을
갖추고 불에 굽는 과정까지 60~70일이라는
긴 시간이 걸린다. 이렇게 완성된 자기를
가마터에 앉아 완벽하지 않으면 깨뜨려버리는
장인의 모습은 그 자체로 존경을 자아낸다.
흙과 불이라는 다른 요소들이 섞여 쉽지 않은
과정을 거치며 아름다운 조화를 이루었을
때 비로소 완벽한 하나의 작품이 탄생한다.
인생도 서로 다른 가치관의 수용을 통해
마음속 균형과 조화를 이뤘을 때 가장 빛나는
순간이 찾아오리라 믿어본다.

15

악마

15

악마 *The Devil*

달콤한 욕망에 잠식되어버린 마음

매력적인 욕망에 잠식된 마음은
그칠 줄 모르고 더 큰 욕망으로 커져간다.
욕망은 집착이 되어 또 다른 갈증을 일으킨다.

정방향	역방향
쾌락과 중독	유혹을 이기다
그릇된 욕망	구속의 탈출
달콤한 유혹	중독을 끊다

그림 상징

오각형 별

사악함/ 부정적 에너지
악마/ 불길한 기운

구미호의 꼬리

유혹/ 함정/ 쾌락
중독/ 어둠
거짓 맹세/ 재앙

청사초롱

남자와 여자
음과 양
연인 또는 혼인
어둠 속 희망

붉은/ 검은 장미

애착과 집착/ 유혹
가스라이팅/
낭비와 유흥

색 상징

보라 매혹/ 속을 알 수 없는/ 비밀   **검정** 어둠/ 두려움/ 힘/ 무게감
빨강 유혹/ 사랑/ 성적 매력   **진한 파랑** 차가움/ 한기

15

악마 *The Devil*

해석

정방향 욕망과 구속	악마에게 이미 마음이 홀려 주도권을 잃고 끌려가고 있다. 아닌 것을 알면서도 자꾸만 빠져드는 중독에서 헤어 나오기 위해 정신을 바짝 차려야 할 시점이다. 주변을 탓할 필요 없다. 유혹에 빠진 것은 자기 스스로임을 잊지 말자.

유혹과 집착　이 카드는 자신의 상황이 쾌락과 유혹에 빠져 있음을 질책하는 카드가 아니다. 경각심을 가지고 정신 차리기를 바라는 카드이다. 스스로 강한 의지만 있다면 속박은 언제든지 벗어날 수 있다.

유혹에 빠져 끌려가는 마음에 변화가 생긴다. 벗어나기 힘들었던 생활의 환경이 조금씩 달라지기 시작한다. 유혹을 떨치기는 쉽지 않다. 작은 변화에도 적극적으로 노력하는 자세가 필요하다.	**역방향** 유혹을 떨치다

적용

◆
정방향

서로를 구속하는 인간관계/ 누군가에게 필요 이상으로 강하게 끌리고 있다
육체적, 성적으로 매력적인 상대/ 상대에 집착하고 있다/ 무모한 행동
무모한 행동에 자꾸만 빠져든다/ 쾌락에 취해 주변 상황을 파악하지 못한다
감언이설에 속지 말 것/ 나쁜 인연은 빠르게 끊어낼 것/ 가스라이팅 주의

좋지 않던 상황이 조금 나아지고 있다/ 어딘지 모르게 마음에 가책이 든다
유혹을 떨치려 노력한다/ 나쁜 마음임을 인식한다/ 관계를 끝내고 싶다
구속에서 벗어날 기회가 보이기 시작한다/ 마음을 바르게 다잡는다
양심의 소리에 귀 기울일 것/ 윤리 도덕적인 행동을 생각할 것

◆
역방향

작가 노트

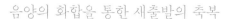

음양의 화합을 통한 새출발의 축복

연인의 화합과 새출발을 바라는 마음, 청사초롱

청사초롱은 조선 후기부터 혼례식에 사용한 등이다. 홍사는 양의 기운을, 청사는 음의 기운을
합해 우주 만물의 화합을 기원한다는 의미를 담고 있다. 악마의 유혹에 빠지듯 아름다운 젊은
남녀가 겉모습에만 빠져 집착으로 이어진다면 조화로움은 결코 이루어질 수 없다. 그림에서는
구미호라는 매혹적인 악마가 보란 듯이 당신을 유혹하려 하지만, 중요한 것은 내면의 진실이며
상대에 대한 존중과 조화를 잊지 말라는 뜻에서 두렵고 시커먼 어둠 속 은은하게 빛나는
청사초롱을 함께 그려보았다.

피할 수 없는 유혹과 욕망의 상징, 장미

새빨간 색으로 자신의 매력과 매혹적인 자태를 뽐내는 붉은 장미는 유혹과 욕망의
상징이다. 검은 장미는 완전한 소유를 상징한다. 두 장미의 결합은 욕망에 구속된 채
유혹이라는 늪에 완벽하게 빠져버린 상태를 의미한다.

사람이 되고 싶은 여우의
무시무시한 욕망

사람을 홀리는 상상의 동물, 구미호

구미호는 꼬리 아홉 달린 여우이다. 요염한
여자로 변신해서 사내를 홀리며 인간을 해치는
무서운 상상의 동물이다. 이야기를 살펴보면
구미호도 그럴만한 이유가 있는데, 구미호는
사람의 간 100개를 먹는다거나, 사내와
혼인해서 100일을 들키지 않고 넘긴다거나
하는 조건을 충족하면 인간이 될 수
있다고 한다. 보통은 99번째쯤 실패하며
해피엔딩(?)으로 이야기가 끝나지만 절박했던
구미호의 입장에서 생각해보면 엄청나게
안타까운 상황일 것이다. 인간이 되고픈
욕망에 사로잡혀 사람을 해치다가 결국 파멸에
이르는 구미호와 유혹에 빠져 죽을 고비를
겨우 넘긴 사내의 결말 모두 안타까운 것은
매한가지다.

탑 *The Tower*

청천벽력 같은 충격과 변화

갑작스럽게 찾아오는 강력한 충격과 변화로
모든 것이 혼란스럽지만, 새로운 도약의 터전을
다질 기회 또한 함께 찾아온다.

정방향	역방향
커다란 변화	일촉즉발의 상황
대담한 선택	지지부진한 상황
근본적 개선	버리지 못한 미련

그림 상징

무너지는 탑

충격/ 탈출
상황의 종료
사고의 전환

천둥 번개와 불꽃

커다란 변화/ 경고
강력한 힘/ 에너지
놀라움

해태

수호신/ 불의 기운을 누르다
재앙을 막다
행운과 복을 부름

어둠 속 수국

냉정함/ 무시
변덕/ 숨겨진 속마음
외면하고 싶은 현실

색 상징

군청 강한 힘/ 시원한/ 확실한
빨강 불꽃/ 에너지/ 충격/ 강렬함

검정 어둠/ 두려움/ 무게감
연보라 변화/ 고민/ 선택/ 냉정

탑 *The Tower*

해석

정방향 청천벽력	예상치 못한 큰 충격과 변화에 혼란스럽다. 그간 쌓아놓았던 노력과 업적이 무너지는 것 같은 충격이 있지만 함께 쌓였던 스트레스나 부정적인 생각들도 동시에 파괴되어 어느 정도 홀가분한 느낌이 든다.

파괴와 시작　　무언가 파괴된다는 것은 고통스럽고 두렵기 마련이다. 그간의 노력과 업적이 완전히 무너지는 것을 뜻하기보다 오랫동안 고착되어온 부정적인 습관과 생각을 파괴하며 새롭게 토대를 다진다는 의미로 받아들여보자.

과감하게 충격을 받아들이고 나아갈 준비가 아직 부족하다. 망설일수록 상황은 지지부진해지고 끝맺음이 어려워진다. 좋지 않은 상황은 길어질수록 손해다. 임시방편이 아닌 근본적인 해결책이 필요하다.	**역방향** 지지부진한 상황

적용

◆　　갑작스러운 충격, 이별, 변화를 겪다/ 위험과 위기/ 충격으로 갈피를 못 잡다
정방향　　평소와는 다른 돌발적인 행동/ 충격적인 상황에 넋을 잃다
　　상황이 급물살을 타고 빠르게 진전된다/ 나의 의지만으로 해결할 상황이 아니다
　　새롭게 시작하는 마음을 다질 것/ 대담한 선택으로 빠르게 행동에 옮길 것

　　서서히 무너지고 있다/ 지지부진한 상황에 끌려 자포자기하고 있다
　　변하고 싶은 의지가 없다/ 상황을 인정하기 어렵다/ 욕구 불만이 쌓이고 있다
　　틀린 방식의 고집/ 조금씩 무너짐/ 서서히 다가오는 이별/ 망설임　　◆
　　충격을 두려워하지 말자/ 지나가면 새로운 현실이 다가온다　　역방향

화재를 막는 물의 신수, 해태

재앙을 막고 행운을 가져다주는 상상의 동물

해태는 화재를 막고 나쁜 기운을 막아주며 행운을
가져다준다는 상상의 동물이다. 해님이 나쁜 기운과 악귀를
막으라고 땅으로 보낸 벼슬아치라 해서 해치라고도 불린다.
예로부터 호랑이 그림은 대문에, 개는 광문, 닭은 중문,
해태는 불을 많이 다루는 부엌에 붙였다. 광화문 앞에도 한
쌍의 해태를 볼 수 있는데 경복궁 증축 중 불이 자주 일어나
한양 도성 내에 화기가 강한 관악산의
불기를 막기 위해 해태를 두었다. 카드를
보면 알 수 있듯이 청천벽력 같은 벼락과
불기둥에 해태를 그려 넣어보았는데 커다란
변화를 인내해야 하는 상황에서 악한 기운을
물리치고 거친 화기를 눌러 행운과 좋은 일로 새로운
토대를 다지기 바라는 마음을 담았다.

17

별 *The Star*

맑은 별빛 아래로 빛나는 축복과 희망

꿈과 이상을 향해 나아가는 길 위로
맑은 별들이 밝게 비추며 앞길을 축복하고 있다.
목표를 향해 나아가는 길 위에 희망의 빛이 가득하다.

정방향	역방향
희망의 빛	꿈과 현실의 괴리
눈부신 재능	무모한 노력
순수한 마음	실속 없는 결과

그림 상징

흐르는 두 개의 물줄기

의식과 무의식
생명력/ 맑음
의식의 흐름

밝게 빛나는 별

복/ 희망
이상과 목표
긍정적 에너지
이정표

나팔꽃

기쁨/ 결속/ 새벽
풋사랑
동경하는 사랑

하얀 비둘기

평화/ 순수함/ 이상
꿈/ 기쁜 소식/ 보호

색 상징

남색 드러나지 않는/ 깊은 자아
보라 중립의/ 고귀한/ 안정된

파랑 시원함/ 청량함/ 깊은
하양 순진무구/ 순수/ 천진난만

별 *The Star*

해석

정방향 꿈의 실현	목표를 향해 차근차근 전진해 가고 있다. 머리 위로 아름답게 빛나는 별들이 밤하늘을 밝게 비춘다. 순수하고 정직한 마음가짐으로 나아가는 길은 몸도 마음도 맑은 정신을 유지하며 청량한 밤공기를 만끽하는 느낌이 들게 한다.

긍정적 희망　　희망의 상징인 비둘기 두 마리가 나를 지켜주고 있다. 그 위로 빛나는 늑대성과 일곱 개의 별이 가야 할 길을 비추며 안내자의 역할을 하고 있다. 맑은 정신을 유지하며 최선을 다한다면 좋은 결과가 기다릴 것이다.

별이 비치지 않는다면, 밤하늘은 어둡고 깜깜하기만 하다. 앞길이 보이지 않는 길을 무모하게 달려나가면 분명 난감한 상황에 부딪히기 마련이다. 흐르는 물줄기를 잘 다스리지 못하면 모두 흘러가버린다. 눈을 조금 낮추고 실현 가능한 목표를 갖자.	역방향 무모한 목표

적용

◆
정방향

긍정적으로 꿈을 향해 가고 있다/ 밝은 전망에 근심이 없다/ 컨디션이 좋다
꿈꿔오던 이상형을 만난다/ 생기 발랄한 기운이 넘친다/ 의기투합의 욕구
고민하던 문제가 해결되어간다/ 목표에 집중할 수 있는 힘이 생긴다
평소 하고 싶었던 일이 있다면 적극적으로 도전하자
희망을 가지고 긍정적으로 노력할 것

희망이 보이지 않아 답답하고 막연하다/ 좋은 기회를 놓쳐 아쉬움이 크다
과대평가로 인한 실망감/ 밀려드는 피로감/ 미래에 대한 무기력함
이상과 현실이 자꾸만 멀어진다/ 막연한 상황에 짜증스럽다
막연하지 않은 현실적인 목표를 갖자/ 생각 없이 행동하지 말고 상황을 파악하자

◆
역방향

외롭게 빛나는 별, 늑대별

겨울 하늘 가장 밝은 별, 시리우스

시리우스는 그리스어 '눈부시게 빛나는 것'이라는 말에서 유래했다. 이집트의 오시리우스 신에서
유래했다는 설도 있다. 해마다 해뜨기 전에 시리우스가 먼저 보이면 나일강이 범람했기 때문에
'나일의 별'이라고도 한다. 옛날 한국과 중국에서는 이 별의 푸르스름한 빛이 먹이를 바라보는
늑대의 눈을 닮았다고 하여 천랑성, 늑대별이라고 불렸다.

작가 노트

간절한 소원을 이뤄주는 일곱 개의 별, 칠성

일곱 아들이 사랑하는 어머니를 위해 놓아준 징검다리

선조들은 일곱 개의 별 북두칠성에 대한 애정이 남달랐다. 하늘을 수놓은 이 일곱 개의 별은 단명할 운을
가진 아이를 장수하게 해주고, 비를 내려 풍년이 들게 해주는 신성한 존재였다.
제주 지방에서는 북두칠성과 일곱 형제에 대한 아름다운 이야기가 전해진다.
일곱 아들을 둔 홀어머니가 온갖 허드렛일을 하며 아들들을 남부끄럽지 않게 키웠다.
아들들이 장성하여 더 이상 고된 일을 하지 않아도 되었는데 어느 날부터 어머니가 기침을 하며 발이
시리다 하였다. 아들들은 어머니가 밤이 되면 차디찬 냇가를 건너 이웃 마을에 사는 홀아비를 찾아가
이야기를 나누다 돌아오는 것을 알게 되었다. 아들들은 어머니를 위해 냇가에 일곱 개의 돌다리를
놓아드렸다. 일곱 아들은 훗날 옥황상제가 거두어 하늘의 별로 만들어주었다. 그 별이 일곱 개의
징검다리, 일곱 형제의 별인 북두칠성이다. 누군가의 간절한 소원을 이뤄주는 별들이 하늘에서 늘 우리를
지켜보며 행운으로 이어지는 징검다리가 되어준다.

18

달 *The Moon*

환영과 진심, 무엇이 진실일까

어슴푸레하게 빛나는 달빛 아래로
내 안의 불안감과 비밀이
흐릿하게 모습을 드러낸다.

정방향	역방향
불확실한 마음	불안의 해소
모호한 상태	드러나는 진실
막연한 기분	풀리는 의심

그림 상징

달맞이꽃
애틋함/ 기다림
망설임/ 불안정함
애달픔

물에 비친 모습
모호함/ 이중성
내면의 성찰
불확실함

떠돌이 개
보이지 않는 내면
앞길에 대한 고민
방황하는/ 양면의 성질

달
변화/ 음의 기운
망상/ 밤
규칙적인 패턴

색 상징

남색 드러나지 않는/ 깊은 자아
연노랑 변덕스러운/ 애달픔

파랑 물/ 반사/ 깊은 내면
하양 중립의/ 막연함/ 장막

18

달 *The Moon*

해석

정방향 직관과 용기	구분이 어려운 흐릿한 상황들, 마치 베일에 싸여 있는 것처럼 드러나지 않는 막연한 상황들이 불안함으로 느껴질 수 있다. 무엇이 진실이고 무엇이 환영인지를 구분하기 위해 두려움과 직면할 수 있는 용기가 필요하다.

환영과 불안 　매일 조금씩 모습을 바꾸는 달은 변화와 불확실성을 상징한다. 흐릿하게 일렁이는 내면의 불안감, 두려움들은 일시적인 환영에 불과하다. 이성적 판단보다 직관적인 선택을 통해 해결하도록 하자.

희미해지는 달빛을 보며 새벽이 다가오고 있음을 느낀다. 고민의 시간은 끝났다. 일렁이던 환영과 그림자들도 밝은 빛 속으로 사라진다. 현실과 망상을 확실히 구분하고 다음 단계로 나아갈 준비를 한다.	역방향 드러나는 빛

적용

◆
정방향

말하기 힘든 고민이나 걱정들이 생겼다
알리고 싶지 않은 불안한 비밀이 있다/ 알 수 없는 우울감과 답답함
막연한 상황에 힘이 빠진다/ 좀처럼 문제의 원인이 보이지 않아 답답하다
해결책을 찾기보다 잠시 거리를 두자/ 허점을 세세히 따지지 말고 잠시 눈감아둘 것

상황 파악이 조금씩 되어가고 있다/ 어느 정도 정리가 되기 시작한다
슬슬 현실을 바라볼 용기가 생긴다/ 냉정한 마음 상태를 되찾는다
거짓 상황이 파악되기 시작한다/ 모호했던 대상의 진심을 알게 된다
이제는 현실을 직시하자/ 환상과 현실을 확실히 구분하자
◆
역방향

작가 노트

하루하루 달님을 기다리다

애틋한 기다림의 상징, 달맞이꽃

밤이 되면 꽃을 피웠다가 아침이 되면 오므라드는 특징 때문에 달맞이꽃에는
많은 이야기가 있다. 그리스 신화에도 달맞이꽃에 대한 이야기가 하나
있는데, 달을 너무나도 사랑한 님프가 제우스의 미움을 사 달빛이 비치지
않는 세상의 구석으로 내쫓기게 되었다. 시름시름 앓던 님프는 병들어 죽게
되었고 달의 신은 슬픔으로 시름에 잠겼다. 제우스는 미안한 마음에 죽은
님프를 달맞이꽃으로 환생시켜주었다. 이처럼 달맞이꽃의 이야기들은 대부분
가련하고 애틋하다.

해님이 된 오빠가
그리운 달님

해님의 빛을 받아 어슴푸레 빛나는 외로운 달님

멀리 나가 떡을 팔고 돌아오던 오누이의 엄마를
잡아먹은 무서운 호랑이가 엄마 옷을 입고 오누이까지
잡아먹으러 집을 찾아왔다. 호랑이를 피해 가까스로 도망친
나무 위에서 오누이는 살려달라는 간절한 기도를 한다.
기도를 들은 하늘님이 내려준 동아줄을 잡고 하늘로 올라간
오누이는 해님과 달님이 되고 호랑이는 땅으로 떨어져 죽는다는
이야기를 모르는 사람은 거의 없다. 깜깜한 밤, 별빛조차
숨죽인 밤하늘에 홀로 떠 있는 달을 바라보면 호랑이를 피해
무사하다는 안도감보다 엄마도 오빠도 없는 밤 혼자 우두커니
앉아 있는 외로운 여자아이의 모습이 떠올라
무척 쓸쓸하다. 달은 스스로 빛을 내는 것이 아니라
해님의 빛이 반사되어야 빛나는 환영 같은 존재다.
호랑이를 피해 올라온 이 밤하늘이 좋은지, 엄마,
오빠 손잡고 도란도란 이야기하던 저 아래 세상이
좋은지, 과연 무엇이 진심인지 달님이 된
동생의 어슴푸레한 슬픔이 느껴지는 것만 같다.

|9

태양 *The Sun*

찬란하게 빛나는 성공의 기운

따스한 햇살 강렬한 금빛 축복 속 기쁨을 만끽하며
다가올 성공의 에너지를 가득 채우다.

정방향	역방향
정점에 오르다	미숙한 태도
성공과 성과	부족한 생명력
결실과 만족	소극적 자세

그림 상징

태양
생명력/ 축복
강한 에너지
당당함/ 희망

해바라기
기쁨과 행운
태양의 기운
한결같은/ 밝은 기운

어린아이
순수함/ 천진난만
가식 없는/ 기쁨
성장

붉은색 장식들
열정/ 강렬함
명예와 성취
주목을 받다

색 상징

노랑 태양/ 축복/ 에너지/ 주목
빨강 사랑/ 애정/ 열정/ 보호

검정 깊은/ 역동적/ 강력한 힘
하늘 가벼움/ 밝은 미래/ 진취적

19

태양 *The Sun*

해석

<table>
<tr>
<td>정방향

최고의 성장</td>
<td>태양은 이 세상에서 가장 큰 생명력의 원천이자 에너지이다.
축복으로 반짝이는 길 위에 서 있는 해맑은 아이는 두려움 없이
앞으로 나아갈 것이다. 아이는 밝은 빛을 내뿜으며
태양만큼 빛나게 성장할 것이다.</td>
</tr>
</table>

성공의 기쁨 태양의 강렬한 빛 아래 모든 것이 명확하게 드러난다. 어둠 속에
가려졌던 두려움이나 좋지 않았던 기운들이 사라지며 명쾌한 해답과
숨김없는 대답들이 앞길을 비추고 있다. 지금 이 기운을 만끽해도 좋다.

<table>
<tr>
<td>성공의 기운과 생명력이 조금씩 힘을 잃어가고 있다. 행복하게
누렸던 상황들이 이제 마냥 기쁘지만은 않다. 마음은 조금씩
지쳐간다. 다시금 막연한 길로 들어서는 느낌이다. 하지만
새로운 태양은 내일 다시 떠오르기 마련이다.</td>
<td>역방향

저무는 태양</td>
</tr>
</table>

적용

◆
정방향

성공의 기쁨을 만끽하다/ 노력의 결과가 최고의 보상으로 나타나다
내면의 에너지가 가득 차 있다/ 어떤 일에도 자신이 있다/ 컨디션이 좋다
자신의 성과에 타인의 이목이 쏠린다/ 협력자들이 모인다/ 원만한 관계
밝고 긍정적인 생각을 하자/ 순수하고 밝은 마음으로 타인을 대하자/ 미소로 대하라

노력한 만큼의 결과라고 하기에는 아쉽다/ 크게 주목을 받지 못해 아쉽다
즐겁던 기분이 사라지고 있다/ 어딘지 아쉬움이 남는다
원하지 않는 관심이 쏠려 당황스럽다/ 지혜와 지식의 부족을 느긴다
컨디션 조절에 신경 쓰자/ 조금 더 적극적인 자세를 갖자/ 과한 욕심은 금물이다

◆
역방향

온 세상을 밝게 비추는 가장 큰 빛, 태양

신성한 상상의 길조, 태양의 전령, 삼족오

삼족오는 세 발 달린 까마귀로 옛 선조들은 삼족오를 태양과 하늘의 뜻을
전하는 전령으로 신성하게 여겼다. 삼국시대에는 태양과 왕을 동일시하여
왕을 상징하는 부장품들에 삼족오가 많이 등장했다. 삼족오의 볏은 물을
의미하며 날개는 화합과 균형 그리고 세 발은 생명력을 상징한다.

황금빛 행운과 부의 상징, 해바라기

태양 빛을 가득 담아 황금색으로 빛나는 해바라기는 동서양을 막론하고
행운과 부를 가져다주는 길한 상징이다. 동양에서는 장수와 행운을,
아메리카 원주민은 수확과 풍요를, 잉카인들은 태양신을 해바라기와
동일시했다. 지금도 사람들은 해바라기 그림을 가까이 걸어두면
재물과 복이 온다고 믿는다.

떠나간 태양과 달을 다시 모셔오기

태양과 달의 기운을 가져간 연오랑 세오녀 설화

하루아침에 태양이 사라진다면 어떨까, 가장 소중한 것이지만
늘 곁에 있기에 소중함을 느끼지 못하고 있는 것 중 하나가
태양이 아닐까. 신라시대 동해안에 살던 어부 연오는 해초를
뜯으러 바닷가에 나갔다가 파도에 휩쓸려 일본까지 흘러가게
된다. 예사롭지 않은 인물의 등장에 일본인들은 연오를 왕으로
추대한다. 남편을 찾아 나선 아내 세오도 파도에 휩쓸려
일본으로 흘러가 왕비가 된다. 그런데 이들이 떠나자 신라의
해와 달이 빛을 잃고 말았다. 왕은 사신을 보내 이 부부에게
돌아오라 이르지만 왕이 된 부부는 하늘의 뜻이라며
돌아가기를 거부한다. 대신 세오는 비단을 한 필 짜서
신라로 돌려보냈다. 신라에서는 세오의 비단을 모셔두고
제사를 올렸고 해와 달은 다시 빛을 찾았다. 매년 일월지에서는
하늘을 향해 제사를 올렸는데 이 제사는 조선시대까지
이어졌다가 일제강점기에 끊기게 되었다. 지금은 포항시에서
'연오랑 세오녀 추모제'를 지내고 있다. 세상 가장 따스하고
빛나는 금빛 에너지가 매일 우리를 향해 행운의 햇살을 비추고
있다. 너무 당연해서 잘 느끼지 못할 뿐.

심판*Judgement*

되살아난 과거의 기억들이 기회로 돌아오다

잊고 지냈던 믿음과 신뢰의 결과들이 빛이 되어 돌아왔다.
그간 발목을 잡고 있던 불편했던 상황들이 종식되며
돌아온 기회들로 자리를 채운다.

정방향	역방향
전환점	현실 집착
걱정으로부터 해방	우유부단함
확실한 선택	좋지 않은 기억

그림 상징

태평소(나팔)

전령/ 소식을 전하다
최후의 심판과 부활
소생의 알림

붉은 장식

열정/ 희생/ 피
열망/ 애착

흰 백합

순수함/ 죽음과 부활
순결함/ 깨끗함

구름

성스러움/ 이상적인 공간
장막/ 기회의 순간들

색 상징

진한 노랑 축복/ 에너지/ 부활
보라 내적 결심/ 안정감/ 차분함

검정 깊은/ 역동적/ 강력한 힘
청회색 중립/ 자신의 선택/ 반성

심판 *Judgement*

해석

정방향 살아나는 기회	사라졌다 믿었던 기회의 순간들이 천사의 나팔소리에 이끌려 현실로 돌아온다. 마음속 잠들어 있던 기대와 생각들이 다시금 실현 기회를 찾아 빛나기 시작한다. 살아나는 기회와 새로운 순간들이 더 나은 변화의 길로 안내한다.

해방과 해결	잊혔던 기회의 순간들이 되살아나며 잃어버렸던 무언가를 되찾는 시간이다. 각성의 시간을 통해 더욱 선명하고 확실한 결정을 내릴 수 있다. 발목을 잡고 있던 고민이나 문제들이 기회를 통해 해결된다.

과거의 결과들이 모여 지금의 기회를 만든다. 과거의 행동이나 판단이 어떠한 결과로 이루어지는 것은 온전히 본인의 몫이다. 그로 인해 결과가 미약해지거나 오히려 보류되는 경우라면 자신을 돌아보는 시간을 가져보자.	역방향 심판의 결과

적용

◆ 정방향	재회의 시간이 찾아온다/ 잊혔던 기억들이 되살아난다/ 가능성을 찾는다 지나간 일에 확신이 생긴다/ 인생의 전환점이라 느껴지는 시점이 온다 과거에 이해하지 못했던 상황이 파악되기 시작한다/ 포기하려 했던 일을 다시 시작한다 지난날 쌓아두었던 실력과 아이디어를 발산하자/ 지금 순간에 충실하며 기회를 기다리라

좀처럼 기회를 잡지 못해 아쉽다/ 좋지 않은 기억이 발목을 잡는다 선택하지 못하고 자꾸만 망설이게 된다/ 노력한 만큼의 성과가 없어 힘이 빠진다 관계에 있어 되돌아올 시점이 보이지 않는다/ 잊고 있던 일로 당황스러운 기분이 든다 과거의 과오를 정리하는 시간을 갖자/ 망설이던 일을 더는 미루지 말고 결정을 내리자	◆ 역방향

출세와 장수의 상징, 잉어

긴 시간 거센 물살을 거슬러 올라 용이 되다

잉어는 장수와 부, 입신출세, 부부화합과 가내 평안 등 매우 길한 상징으로
쓰인다. 중국 후한의 등용문에는 잉어가 용문이라는 협곡 도화랑의 거센 물결을
거슬러 올라 용이 되었다는 이야기가 있다. 조선시대에는 장원급제를 통한 출세를
잉어에 비유했다. 또한 잉어는 힘이 좋고 수명이 길어 장수의 상징으로 거북이,
학과 함께 그렸다. 망설임의 시간을 뒤로하고 다시금 찾아온 기회를 잡아 앞으로
나아가라는 의미에서 힘과 출세의 상징인 잉어를 함께 그려보았다.

최후의 심판은 이승의 덕으로부터

저승 창고와 덕진 다리 이야기

옛날 마음씨 착한 덕진이라는 주막집 딸과 자기밖에
모르는 못된 사또가 살았다. 덕진이는 없는 형편에도
자기보다 힘든 남들에게 밥이며 옷이며 가진 것을
나누며 착하게 살았다. 하루는 사또가 길을 가는데
날이 추워 머무를 곳을 찾는 거지가 도움을 청하자 달랑
짚단 하나를 휙 던져주고 가던 길을 갔다. 어느 날 사또는
저승사자들의 실수로 저승에 끌려갔는데, 저승사자들이
말하길, 저승에는 사람마다 자기 창고가 있으니 창고에
가서 이승으로 데려다줄 값으로 쌀 삼백 가마를 내놓으라
했다. 하지만 사또의 저승 창고에는 거지에게 주었던
짚단 하나만 달랑 놓여 있었다. 어쩔 수 없이 저승사자는
사또를 온갖 물건이 가득 들어찬 덕진이의 창고로
데려갔다. 사또는 덕진이의 창고에서 쌀 삼백 가마니를
빌려 이승으로 돌아올 수 있었다. 다음 날 사또는 쌀 삼백
가마니를 싣고 덕진이를 찾아갔지만 덕진이는 한사코
받을 수 없다며 대신 쌀을 팔아 강을 건너기 어려운
노인과 어린이들을 위해 다리를 하나 놓아달라는 제안을
한다. 사또는 덕진이의 제안대로 다리를 놓아주었고
덕분에 사람들은 편하게 강을 건너게 되었다. 사람들은
덕진이 이름을 따서 그 다리를 덕진 다리라고 불렀다.
지금도 영암군 덕진면 덕진리에서는 덕진 다리 공적비와
사당을 볼 수 있다. 과오를 부활로 정화하고 새로운
길 위에서 기회를 다지려면 일단 순수하고 선한
마음부터 갖는 게 좋을 듯하다.

21

세계 *The World*

기나긴 시간을 달려 완성된 세계에 도달한 기쁨

수많은 경험과 노력 끝에 완성의 세계에 도달했다.
긴 여정의 끝에서 행복한 기분을 만끽하며
찬란하게 빛나는 자신의 모습을 돌아본다.

정방향	역방향
결과의 보상	권태로움
조화로운 노력	부조화와 불편함
최상의 기분	용두사미

그림 상징

보석과 흰 원(리스)

원석에서 보석으로/ 완성
빛나는 성과/ 기쁨
행복/ 조화/ 순환

방울(완드)

권위/ 권력/ 발산
재생/ 기회의 획득

튤립과 꽃무리

아름다움/ 영원한 애정
명성/ 박애/ 사랑/ 자유

화관

영원한 기쁨/ 승리
성공/ 목표의 도달

색 상징

하늘 자유/ 청량함/ 기쁨/ 영원
보라 성숙함 / 지혜로움/ 영원함

하양 순수함/ 진실함/ 만족감
분홍 사랑/ 따뜻함/ 편안함

21

세계 *The World*

해석

정방향 여정의 끝	긴 여정 끝에 비로소 모든 것이 완성되었다. 성공의 기쁨과 행복이 마음 가득 차오른다. 세상을 보는 눈은 보다 넓어지고 다양한 경험을 통해 이루어낸 성공의 기쁨은 마음속 평화와 조화를 이룬다. 목적지에 도착한 뿌듯함을 마음껏 느끼자.

완성과 조화 결과에 도달하기 위한 과정에 최선을 다하고 충실했다면 그 결실의 크기 또한 더할 나위 없이 만족스러울 것이다. 완성의 기쁨은 다음을 위한 도약의 발판으로, 조화롭게 내 앞길의 희망이 되어줄 것이다.

자신감 넘쳤던 시작과 다르게 결과는 기대에 미치지 못해 아쉬움이 남는다. 내가 지금 쏟고 있는 노력의 방향이 제대로 되어 있는지 생각해볼 필요가 있다. 부족한 상황을 자책하기 보다 불필요한 상황들은 확실히 정리하며 앞으로 나아가자.	**역방향** 용두사미

적용

♦ **정방향**

결과에 만족하고 있다/ 성과가 좋다/ 도전한 일이 순조롭게 풀리고 있다
목표를 향한 강한 열정이 느껴진다/ 열정만큼 결과가 좋아 기쁘고 뿌듯하다
최고 좋은 결과로 행복을 누린다/ 노력의 결과에 대해 큰 만족감을 느낀다
지금의 결실을 즐기자/ 스스로를 칭찬하라/ 주변 사람과 만족감을 함께하라

마무리가 아쉽게 느껴진다/ 기대에 부응하지 못하고 있다/ 불만족스러움
아쉬움을 느낀다/ 결과가 아쉬워 기운이 빠진다
목표에 도달하지 못한 채 정체기를 겪는다/ 불필요한 상황에 발목이 잡혀 있다
지나치게 높은 목표 설정은 금물이다/ 좀 더 많은 준비를 갖추고 도전하라

♦ **역방향**

하늘나라 선녀님, 사계절의 신이 되다

소녀 오늘이의 씩씩한 모험 이야기, 제주도 원천강본풀이

옛날 적막한 들에 여자아이 하나가 외로이 살았는데 사람들은 아이를 마을로 데려와 함께 살며 '오늘이'라는 이름을 지어주었다. 마을에서 오늘이를 친손주처럼 길러주던 백씨 부인은 어느 날 꿈에서 본 오늘이의 부모님이 하늘나라 신관이 되어 저승 강 입구인 원천강을 지키고 있다며 부모님 만나러 가는 길을 알려준다. 오늘이는 길을 떠나 흰모래밭에서 글 읽는 도령을 만나고 연화못에 있는 연꽃 나무와 이야기하며 이무기를 타고 청수바다를 건너는 모험을 한다. 그리고 매일이라는 처녀와 우물가 선녀들의 도움을 받아 마침내 원천강에 도착해 신관이 된 부모님과 눈물의 재회를 한다. 원천강 뜰 안에 한데 모여 있는 신기한 사계절을 구경하며 꿈같은 시간을 보낸 오늘이는 이후 부모님과 아쉬운 작별을 뒤로한 채 다시 인간 세상으로 돌아가게 되는데 그 길에 도움을 받았던 이무기에게 용이 되는 법을 알려주고, 연꽃 나무에게는 꽃피우는 법을 가르쳐주고, 매일이와 글 읽는 도령을 맺어준다. 그 후 오늘이는 옥황상제의 부름을 받아 하늘나라의 선녀가 되어 원천강을 돌보며 사계절 소식을 세상에 전하는 일을 맡게 되었다. 하나하나의 모험마다 지혜를 쌓아가며 덕으로 은혜를 갚은 오늘이는 하늘나라에서 지상의 사계절을 내려다보며 아름답게 미소 짓고 있다.

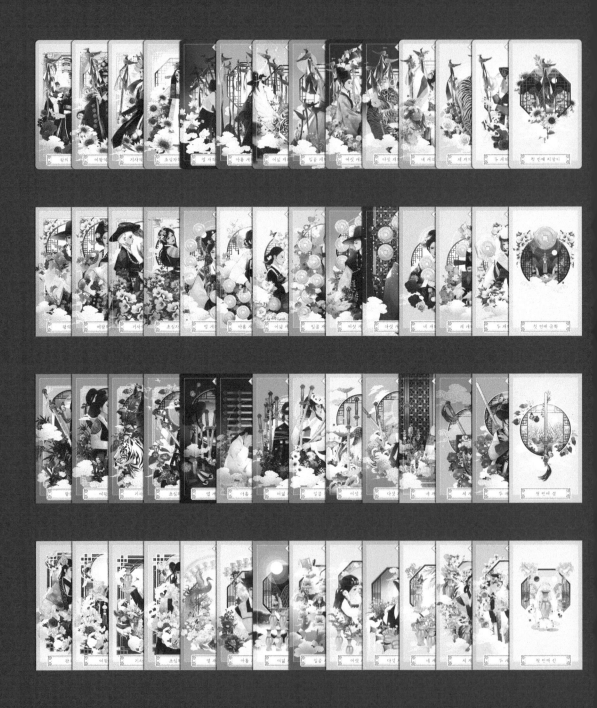

2부

마이너 아르카나

Minor Arcana

지팡이의 기운

금화의 기운

검의 기운

잔의 기운

마이너 타로는 메이저와 달리 훨씬 자세하고 인간적인 일상과 성장의 과정을 엿볼 수 있습니다. 따라서 메이저 카드를 보는 관점과는 조금 달리 생각하며 접근해야 하는 부분들이 존재합니다. **마이너 타로에서는 조금 더 넓은 해석을 위해 메이저 카드에서 나누었던 정방향과 역방향을 긍정과 부정으로 나누어 풀이했습니다.**

아울러, 앞서 말씀드렸듯 카드에 새롭게 넣은 한국적인 그림에 대한 유래, 상징적 설명 그리고 이야기를 해설집에 담았습니다. 물론 유니버설 웨이트 타로 덱universal waite tarot deck을 기반으로 한 타로의 상징과 의미도 함께 담았습니다만, 저의 얕은 지식으로 타로에 대한 방대한 지식과 상징을 논하기에는 한없이 부족함을 알고 있습니다. 타로를 그렸다고 하여 오랜 기간 타로를 공부해온 전문가들의 혜안을 흉내내는 것은 경솔한 행동이라고 생각합니다. 따라서 저는 시각 디자인의 관점에서 카드의 의미와 상징을 해석하려 노력하였고, 이에 대한 해석과 소통은 여러분의 자유로운 감각과 이해에 맡기는 것이 좋다고 생각합니다.

"그림을 보며 자신의 직관과 감각에 따라 해석하기 바랍니다."

Points

1   색은 가급적 한글 명칭을 사용했습니다.
    다소 익숙하지 않은 이름이 있을 수 있습니다.

2   색의 상징 풀이는 각각의 색이 지닌 원형적인 의미와 함께 작가의 개인적인 느낌을 더하여
    구분하고 정리했습니다.

3   메이저 카드와 달리 방향에 따른 해석 대신 긍정과 부정으로 나누어 풀이하였습니다.

4   기반이 된 유니버설 웨이트 카드의 남성과 여성의 성향은 반드시 일치하지 않을 수
    있습니다.

5   한국의 다양한 문화적 요소들에 작가의 생각을 더하여 디자인하고 그렸습니다.
    역사적 고증과 100% 일치하지 않는 그림도 있습니다.

마이너 아르카나

세상을 이롭게 하는 4개의 기운

인간을 움직이는 4개의 생동력

우리의 삶과 함께하는 원소 이야기

22장의 메이저 카드가 삶의 큰 흐름을 이야기한다면, 56장의 마이너 카드는 좀 더 세밀한 일상의 모습을 그리고 있다. 유니버설 웨이트 타로를 기반으로 한국적인 요소를 담아 완드(지팡이)_솟대/ 펜타클(금화)_엽전/ 소드(검)_사인검/ 컵(잔)_청자 등 4개의 디자인으로 표현하고, 여기에 태극기에서 가져온 건곤감리의 의미와 한국의 4계절 그리고 각각을 상징하는 색을 담아 세상을 이롭게 하는 네 가지의 기운을 정리했다. 그리고 그 네 가지의 기운에 인간을 움직이는 생명력과 열정, 의지, 사랑, 지성 등의 감정을 함께 담았다. 이것을 선조들의 네 가지 덕목인 인의예지仁義禮智로 설명했다.

건곤감리로 보는 음양의 조화

음양의 조화로 보는 세상의 이치

태극기에 담긴, 세상을 이롭게 하는 원소들

태극기 중앙에는 붉은색과 파란색으로 이루어진 원형의 태극무늬가 있고 네 귀퉁이로 건곤감리 4괘를 볼 수 있다. 이는 우주만물이 음양의 상호작용에 의해 생성하고 발전한다는 대자연의 진리를 형상화한 것으로 '건'괘는 하늘을, '곤'괘는 땅을, '감'괘는 물을, '리'괘는 불을 각각 상징한다. 주역에서는 여기에 각각의 방위와 계절, 네 가지 덕목을 함께 표현하는데 바나 타로에서는 건곤감리와 4덕목을 차용하고 방위와 계절은 「천상열차분야지도」를 기준으로 사신수四神獸(청룡, 백호, 주작, 현무)를 활용하였다.

인의예지

인의예지로 보는 내면의 자세

심성을 알고 덕목에 맞는 자세를 갖추다

갖춰야 할 내면의 소양을 알려주는 네 가지 덕목

선조들은 사람이 마땅히 갖추어야 할 성품으로 인의예지를 강조했다. 서울 사대문의 이름이 흥인문(동), 돈의문(서), 숭례문(남), 홍지문(북)인 것만 보아도 인간으로서의 도리와 자세를 얼마나 중요하게 여겼는지 알 수 있다. 현대인들도 다르지 않다고 생각한다. 카드를 통해 내면을 들여다보고 지금 필요한 덕목이 무엇인지를 함께 새긴다면 분명 보다 나은 삶과 행복을 향해 나아갈 수 있을 것이다.

겨울의 차분함

호랑이
때로는 냉철하고 담대하게 주어진 상황에
과감하게 도전할 줄 아는 기질

지
슬기롭고 지혜롭게 한쪽으로
치우치지 않는 마음의 자세

하늘과 바람
지성과 소통

건 **검**

북
현무

곤

금화

서 백호

대지와 땅
재물과 풍요

청룡 동

봄의 생동

감 **잔**

물의 흐름
감성과 사랑

의

따뜻한 마음으로 그릇을
멀리하고 옳은 것을 택할 줄
아는 의로운 자세

어룡
흐르는 물결에 몸을
맡기고 자연스럽게 세상에
스며드는 유연한 기질

어질고 선한 마음으로
욕심 없이 베풀며
작은 일에도 감사하며
나눌 줄 아는 자세

주작

남

인

사슴
래를 거듭하며 자라나는
별처럼 순리대로 번창할 줄
는 기질

여름의 열정

지팡이

리
불의 힘
생명력과 열정

예
남과 더불어 살 줄 알며 세상을 향한
열정을 활기차게 펼칠 줄 아는 자세

주작
뜨거운 마음과 사랑으로 누구보다도
적극적이며 매사에 열정적인 기질

지팡이의 기운

지혜롭게 만들어 활용하며
삶을 지탱해주는 도구의 기운

건곤감리

타오를수록 넓게 퍼져나가는 강렬한 열기와 빛의 힘

불은 붉게 타오르며 뜨거운 열기를 뿜는다. 모든 힘의 근원이며 열정의 상징이다.
인류는 불을 통해 문명을 발전시키며 성장해왔다. 사방으로 번지는 불은
끊임없는 열정과 행동력으로 비유할 수 있다.

인의예지의 자세_예

더불어 살 줄 알며 세상을 향한 열정을 함께 꿈꿀 줄 아는 자세

예는 나를 낮추며 상대방을 높이는 자세를 말한다. 이는 타인과 늘 어깨를
나란히 해야 하는 무한 경쟁 사회 속에서 가장 필요한 덕목일 것이다.
열정이 큰 사람이라면 예의 자세를 갖추는 것이 무엇보다 중요하다.

◆ 상승의 기세

◆ 젊은이의 포부

◆ 선의의 투쟁

◆ 영특한 재치

◆ 순수한 열정

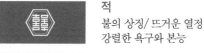
적
불의 상징/ 뜨거운 열정
강렬한 욕구와 본능

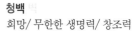
청백
희망/ 무한한 생명력/ 창조력

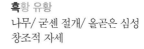
흑황 유황
나무/ 굳센 절개/ 올곧은 심성
창조적 자세

청
이성적 사고/ 논리적 판단
깊은 마음

새롭게 시작되는 열정의 새싹을 어떻게 키워나갈 것인가

인류에게 나무란 없어서는 안 될 소중한 자원이자 생명을 이어가게 해주는 중요한 존재이다. 막 피어난
작은 싹이라도 적당한 물을 주고 정성으로 키워낸다면 그것은 우리에게 유용한 도구가 되고 따듯한 열기를
제공할 수 있으며 무럭무럭 자라 무한하게 뻗어나가는 가지는 그 이상의 많은 것을 이룰 수 있는 중요한
자원이 되어준다. 나무는 새로운 생명의 원천이며 유용한 도구이자 무한한 잠재력을 가진 열정이다.

지팡이의 기운

첫 번째 지팡이

첫 번째 지팡이

Ace of Wands

첫 번째 지팡이

무럭무럭 피어날 가능성의 시작

하늘 높이 뻗어나가는 나무의 강인한 생명력과 힘은
인간에게 가능성과 성장의 욕구를 의미한다.
아무리 높은 나무도 그 시작은 작은 씨앗임을 잊지 말자.

색 상징

하늘 자유/ 청량함/ 기쁨/ 영원 **하양** 순수함/ 진실함/ 만족감
노랑 태양 / 황금빛/ 새출발 **군청** 솔직함/ 편안함/ 확실함

정방향	Keyword	역방향
일의 진전 열정의 불씨 실력의 발휘	**열정**	엉뚱한 흐름 의욕 고갈 꺾어진 기세

◆
긍정적

도전의 기회

마음속에서 점점 성장하고 있는 열정이 서서히 느껴진다.
나무에 불을 지피면 활활 타오르듯 스스로 성장하기 위한 열정의 불씨가
의욕에 불을 지피기 시작한다.

하고 싶은 일이 생긴다/ 망설임 없는 적극적인 자세/ 새로운 곳으로 이동하기에 좋다
생각만 하고 있던 일을 실행에 옮겨볼 것/ 기분 좋은 시작이 다가온다

좀처럼 의욕이 생기지 않는다. 무언가를 하려고 해도
집중이 되지 않고 의도치 않은 쪽으로 힘이 쏠리는
느낌이 들어 기운이 빠질 수 있다.

◆
부정적

방향감 상실

의도와 상관없는 힘의 흐름이 생긴다/ 만사가 버겁게 느껴진다/ 완수하지 못한 일
답답한 마음을 채근하지 말고 현실을 바라보자/ 정리할 수 있다면 책임지고 마칠 것

**나뭇가지와
나무 새**

성장/ 축원
소망/ 희망
새로운 열정

**해바라기와
구름**

순수함/ 열망
신성함/ 힘

**일월오봉도
(여름)**

생명력/ 힘
열정/ 도전
도약

작가 노트

하늘을 향해 곧게 뻗은 희망과 염원의 상징, 솟대

마을의 표지이자 수호신이었던 길고 긴 장대 이야기

솟대는 예전부터 장승과 함께 마을 입구를 지키며 수호신의 역할을 하던 긴 장대를
말한다. 이제는 그 모습을 보기가 쉽지 않지만, 선조들은 장대 위에 나무 새를 얹어
마을의 불운을 막고 풍어와 풍년을 빌며 하늘 높이 희망을 걸어놓았다. 나무를 깎아
만든 솟대를 세워 액운을 물리치고 복을 비는 풍습에서 단순한 장대를 넘어 간절한
바람으로 하늘과 닿아 행복하고자 했던 선조들의 염원을 느낄 수 있다.

두 개의 지팡이

지팡이의 기운

두 개의 지팡이

Two of Wands

두 개의 지팡이

야심찬 도약을 위한 자신감

세상을 손에 쥐고 자신만만하게 밖을 내다보는
인물의 표정은 또 다른 도전을 시작하기에 앞서
어떠한 선택을 할지 고민하는 듯하다.

색 상징

하늘 자유/ 청량함/ 기쁨/ 영원
검정 권력/ 위엄/ 힘/ 무게감

하양 순수함/ 진실함/ 만족감
빨강 사랑/ 따듯함/ 열정/ 에너지

◆
긍정적

자신감에 차다

이뤄낸 성과에 매우 만족스럽지만 지금보다 더 잘하고 싶은 야심이 차오른다.
자신감을 갖고 다음을 생각한다. 조금 높은 목표를 가져도 좋다.
다만 신중하고 철저하게 계획하는 것이 중요하다.

높은 곳을 향하고 싶은 야심/ 목표 달성에 가까워지는 만족감/ 다음 목표에 눈을 뜨다
열심히 달려온 스스로를 인정해줄 것/ 원하던 상대와 가까워진다/ 전략을 세울 것

가지고 있던 지위나 성과를 잃거나 의미가 퇴색하는
상황이 올 수 있다. 이미 벌어진 일에 대해서 아쉬워하지 말고
빠르게 다음 단계를 생각하는 것이 좋다.

◆
부정적

성과의 하락

갑작스러운 계획 변경 또는 중지/ 마음이 흔들려 판단력이 흐려진다
평가 절하되는 상황을 겪는다/ 손발이 잘 맞지 않는 상대/ 대안을 마련하고 나아갈 것

손 위의 지구
노력의 성과
성공의 결과
세상의 흐름

장미와 백합
열정/ 평정심
사랑/ 갈망
욕구

두 마리의 잉어
긍정적 상대
재물/ 승진
추진력/ 이동

작가 노트

재물과 부귀영화를 바라는 간절한 마음을 담은 잉어

강인한 생명력과 활기를 지닌 친숙한 물고기

잉어는 예로부터 재물을 상징하는 물고기로 익숙하다. 잉어 꿈은
길몽으로 또 좋은 태몽으로 여겨진다. 다산을 상징하기도 하고 금실 좋은
부부의 상징으로 여겨 두 마리의 잉어 그림을 침실에 걸어두기도 한다.
눈을 뜨고 자는 물고기의 특징과 재복의 상징인 잉어를 합쳐 금고를
지키는 자물쇠의 형상으로 만들기도 했다. 재물과 출세의 상징인 잉어를
통해 더 앞으로 나아가고자 하는 의미를 담아 그렸다.

세 개의 지팡이

지팡이의 기운

세개의 지팡이

세 개의 지팡이

Three of Wand
세 개의 지팡이

나아갈 기회를 모색하다

호랑이가 서서히 몸을 움직이며 걸음을 떼기 시작한다.
아직은 신중하게 주변을 탐색하며 서서히 움직이고 있다.
마음만 먹으면 언제든 달려 나갈 수 있는 준비가 되어 있다.

색 상징

파랑 파도/ 풍랑/ 내면/ 기다림
노랑 태양/ 황금빛/ 새출발

하양 순수함/ 진실함/ 만족감
빨강 사랑/ 따뜻함/ 열정/ 에너지

긍정적

도전의 시작

서서히 몸을 움직이며 다음 단계로 나아가기 위한 기지개를 켠다.
마음만 먹는다면 새로운 도전도 어렵지 않게 느껴진다. 어느 정도 준비가
되었다면 망설임 없이 자신 있게 바로 움직여도 좋다.

하고 있는 일의 규모가 확대된다/ 좋은 소식이 찾아온다/ 기대감이 높아진다
시작의 기세가 좋다/ 더 좋아지기 위한 조언과 조력자를 찾을 것

마지막 결심이 아쉽다. 망설임은 다가오는 기회를 놓치고 시기와
엇나갈 수 있다. 어느 정도 준비가 되었다면 더 늦기 전에 우선
행동으로 옮겨 실행하는 것이 필요하다. 중요한 것은 타이밍이다.

부정적

엇나간 시간

높은 눈높이/ 기대와 다르게 전개되는 상황/ 생각과 행동이 다르다
예상보다 늦어지는 결실/ 지연되는 상황에 느껴지는 초조함/ 마음을 차분하게 가질 것

**움직임을
시작한 호랑이**

강인함/ 용맹
거침없는 용기
압도적 기운

**먼 곳에서
출렁이는 물결**

다가올 소식
흔들리는 감정
약간의 시련

**흰 장미와
프리지아**

젊음/ 순수
천진난만
시작을 응원

작가 노트

여정의 시작 앞에 서서히 움직이는 호랑이의 웅장한 몸짓

강한 기세를 업고 나아갈 것인가, 조금 더 큰 도약을 위해 웅크릴 것인가

우리 민족에게 호랑이는 두려울 것이 없는 맹수이자 영물이다. 이 카드는
그런 호랑이가 서서히 움직임을 시작하는 모습을 담았다. 호랑이는 목표를
향해 날렵하고 빠르게 움직이기에 앞서 몸을 웅크리고 상당히 신중한
태세를 취한다. 이 기세를 타고 나아갈지, 좀 더 신중할지 호랑이는 아직
주위를 살피고 있는 듯하다. 주변의 흰 장미와 샛노란 프리지아가
그 시작을 응원하고 있다.

지팡이의 기운

네 개의 지팡이

네 개의 지팡이

Four of Wands

네 개의 지팡이

진정한 기쁨으로부터 퍼지는 자유로운 몸짓

평온하고 풍요로운 삶을 기리며 태명무를 추고 있는 인물의
몸짓이 아름답다. 태평성대를 상징하는 봉황 한 쌍이
춤사위를 함께하며 축복을 내리고 있다.

색 상징

노랑 태양 / 황금빛 / 새출발
주황 온기 / 활력 / 만족 / 적극적

하양 순수함 / 진실함 / 만족감
빨강 사랑 / 따뜻함 / 열정 / 에너지

◆
긍정적

자유와 감사

빈곤과 결핍에서 벗어나 자유의 기쁨을 누린다. 평온한 기운이 깃들며 마음속으로 생각했던 세계가 조금씩 그려지기 시작한다. 안정적으로 나아가기 위해 꾸준히 내면의 평정을 유지하는 것이 좋다.

마음속 걱정거리들을 조금 내려놓는다/ 편안한 마음가짐을 가진다
하고 있는 일이 수월하게 진행된다/ 좋은 만남과 기회가 다가올 시기

목표를 어느 정도 달성했지만 큰 만족을 느끼지 못하고 있다. 적극적으로 문제를 해결하기보다 그냥 있는 그대로의 상황을 맴도는 느낌이 든다. 풍족한 느낌보다는 지금의 상황에 안주하는 것에 가깝다.

◆
부정적

적당한 만족

불안정한 선택에 불만족스러운 마음이 크다/ 스스로 마음을 다잡지 못하고 있다
수동적인 자세가 결핍으로 이어진다/ 적극적으로 나아가며 긍정적으로 생각할 것

화려한 색의 봉황 한 쌍

태평성대
타인과의 조화
평온한 마음

지팡이를 감싼 꽃 화관들

마음의 여유
내면의 기쁨
성장/ 감사

만개한 꽃과 열매들

풍요와 여유
생명력/ 힘
감사함

작가 노트

나라의 평안과 태평성대를 기원하며 추는 춤, 태평무

평온한 삶의 염원을 담은 아름다운 춤사위

태평무는 태평성대를 빌며 추는 춤으로 20세기에 들어 완성된 한국의 전통 춤사위이다. 기교 있는 우아한 몸짓과 발 디딤에 절제 있는 상체의 움직임이 특징이다. 국가무형문화재 태평무 보유자들이 각기 다른 형식으로 전승하여 전통의 맥을 잇는 개성 있는 춤사위를 선보이고 있다. 평온한 삶을 바라는 마음을 아름다운 몸짓에 담아 추는 태평무는 보는 이로 하여금 함께 평화를 염원하게 한다. 거기에 태평성대를 상징하는 봉황을 담았다. 이 카드를 보는 모든 이들에게도 마음의 평화와 행복이 가득 깃들기 바란다.

지팡이의 기운

다섯 개의 지팡이

다섯 개의 지팡이

Five of Wands
다섯 개의 지팡이

강력한 의지가 맞붙는 충돌

의기양양한 모습의 호랑이와 용은 강함에 있어 빠질 수 없는
힘의 상징들이다. 살의를 띠고 싸우는 다툼보다는 자웅을
겨루며 각자의 실력을 쌓아가는 과정으로 느껴보자.

색 상징

남색 창조/ 깊이/ 융합/ 사색
검정 흡수/ 강력한 힘/ 중후함

하양 순수함/ 진실함/ 만족감
노랑 에너지/ 힘/ 열정/ 강렬함

정방향		역방향
변화의 발단	**투쟁**	피하고 싶은 충돌
망설임 없는 승부		틀어지는 관계
의미 있는 다툼		공격적 사고방식

◆
긍정적

성장의 과정

경쟁의 열의는 불타지만 악의를 띠지는 않는다. 상대와의 경쟁을 통해 나 또한 성장하는 과정을 겪게 된다. 순수한 승부를 통해 목표에 더 가깝게 도달하며 높은 곳으로 나아간다.

변화를 마주하며 쟁취하는 시점/ 대립각을 세우는 상대/ 상황에 대한 반발심이 크다
지금은 타협점보다 직설적으로 자신의 의견을 내비치는 전략도 필요하다

투쟁의 의지가 강해진 나머지 상대방이 패배를 인정할 때까지 달려들 기세로 덤비려 한다. 지지 않기 위해 고군분투하고 있지만 늘 그렇듯 지나친 독선은 금물임을 잊지 말자.

◆
부정적

전투 태세

결말이 나지 않을 것 같은 긴 투쟁/ 수습이 안 될 만큼 큰 다툼
사소한 일에도 다툼이 있다/ 힘 빠지는 싸움/ 충돌을 피하기 위한 타협점을 강구한다

**다섯 개의
지팡이(솟대)**

다섯 개(분열)
이익 경쟁
혼란

번개

강렬한 충돌
마음의 동요
큰 충격
경쟁의 시작

샛노란 장미

투쟁/ 다툼
우정/ 헌신
완벽한 성취
질투

작가 노트

최고의 상대는 나를 더욱 강하게 만든다

용과 호랑이, 두 강자의 대결, 용호상박

용호상박龍虎相搏은 용과 호랑이의 싸움으로, 막강한 두 존재가 승부를 겨루며 경쟁한다는 의미의 사자성어이다. 다툼은 천둥 벼락이 칠 만큼 격렬하지만 결국 그 안에서 서로 성장하며 더 나아가는 과정을 겪기 마련이다. 그림을 보면 솟대의 위치가 서로를 겨눈다거나 위협적이라기보다 누가 더 많이 차지할 것인가 정도의 느낌으로 보인다. 성장을 위한 의미 있는 다툼일지 단지 이기기만을 위한 소모적인 다툼이 될지는 스스로의 판단에 달려 있다.

여섯 개의 지팡이

Six of Wands
여섯 개의 지팡이

명예로운 승자의 자리에 앉아 칭송받다

장원급제하여 어사화를 쓰고 앵삼을 입은 젊은이가 가장
빛나고 큰 지팡이를 들고 꽃가루를 날리며 금의환향하고 있다.
지금의 영광과 행복을 만끽하는 모습이다.

색 상징

군청 차분함/ 편안함/ 확실함   **주황** 온기/ 활력/ 만족/ 적극적
노랑 태양 / 황금빛/ 새출발   **연두** 봄/ 생동력/ 시작/ 위안

정방향	Keyword	역방향
명예로운 승리	**명예**	자의식 과잉
안정적 지지		부족한 단결력
경쟁의 우위		잘못된 착각

◆
긍정적

기쁨과 칭송

명예롭게 목적을 달성하고 타인의 축하와 존경을 받는다. 흩날리는 꽃가루 속 주위를 감싸고 있는 열기와 좋은 분위기에 취하기보다 감사하며 낮은 자세로 이 상황을 겸손하게 이끌어보자.

좋은 소식이 들려와 뿌듯하다/ 무척 기쁜 일이 생긴다/ 성공에 가까워지다
우월한 마음이 든다/ 타인의 지지를 현명하게 이끌어야 길게 간다

기대와 달리 역량 부족으로 주위의 기대와 관심이 다소 부담스럽게 느껴진다. 충분한 기회가 있었음에도 뜻한 대로 움직이지 못하는 상황이 난감하다. 말보다는 행동을 먼저 시작하자.

◆
부정적

부족한 위치

알 수 없는 불만에 휩싸인다/ 위치만 신경 쓰느라 상황을 정확히 판단하지 못하고 있다
초조한 마음을 차분히 가라앉힐 것/ 자신감을 내려놓고 현실을 직시하라

복두/ 어사화

장원급제
합격/ 성공
명예/ 영광

군자란

고귀함/ 우아함
고결함

백마

높은 지위
칭송
금의환양

작가 노트

가문의 가장 큰 영광, 금의환향의 길

금의환향錦衣還鄕(비단옷을 입고 고향으로 돌아가다/ 출세하여 고향으로 돌아가 환영받다)

장원급제란 과거제도 중 문과에 수석으로 합격하는 일을 말한다. 매우 영광스러운 일이며 이후의 행보에도 커다란 이점을 가질 수 있는 출세의 길이었다. 앵삼이라는 녹색의 예복을 입고 복두를 쓰며 그 위에 임금이 하사한 꽃인 어사화로 장식했다. 장원급제는 개인의 기쁨을 넘어 가문과 마을의 큰 경사이며 그 늠름한 모습의 행렬에는 칭송하는 이들이 뒤따랐다. 다만 출세의 길에 올라선 것은 단지 시작이며 앞으로의 행보는 아직 정해지지 않았기 때문에 자신을 지지하는 이들에게 겸손한 마음을 가져야 한다. 기쁨의 순간과 영광의 기운을 함께 느끼며 명예로운 힘이 깃들기 바라는 마음을 담아 그렸다.

지팡이의 기운

일곱 개의 지팡이

7

일곱 개의 지팡이

Seven of Wands
일곱 개의 지팡이

우위를 선점한 상태에서의 다툼

성가시게 하는 장대들이 나와 다툼을 벌이려 들지만
나의 위치는 그들보다 유리한 곳에 있어
큰 위협으로 보이지 않는다.

색 상징

파랑 냉정함/ 평정심/ 차분함
초록 안전/ 평화/ 활력/ 젊음

노랑 승리/ 광명/ 투쟁/ 야망
보라 통찰력/ 내적 결심/ 중립

◆
긍정적

유리한 위치

예상치 못한 도전자들의 도발이 시작되었다. 갑작스러운 도발이 당황스럽기도 하지만 운의 흐름과 기회는 나의 편이다. 자신감을 가지고 당당하게 방어한다면 어려움 없이 승기를 잡을 수 있다.

당당하게 나의 주장을 펼친다/ 승리에 대한 확신이 있다/ 정확한 자기 표현이 중요하다
분위기를 이끌어간다/ 스스로를 믿고 유리한 위치를 적극 활용할 것

처음에는 크게 느끼지 못했던 불편한 일들이 점점 어려운 국면으로 상황을 몰아가고 있다. 정신적으로 지쳐가고 스트레스가 쌓인다. 임시방편으로 해결하기보다 근본적인 해결책을 찾기를 권한다.

◆
부정적

외로운 투쟁

정리되지 못하는 생각들로 답답하다/ 자꾸만 끼어들어 방해가 되는 상황들이 생긴다
귀찮고 성가신 상황에 지친다/ 피하지 말고 다툼을 각오할 것

지친 표정

갑작스러운
방어 태세
성가심/ 방해
임시방편

**노란 히아신스
야생화와
들풀들**

투쟁과 쟁취
강인한 생명력

**높이 치켜든
장대(솟대)**

강한 힘
유리한 위치
주도권

작가 노트

최선의 방어는 최고의 공격이다

임시방편으로 막기보다 근본적인 대책을 찾을 것

머리를 제대로 빗어 넘길 틈도 없이 질끈 묶은 채로 어디선가 급히 뛰어와 방어 대세를 갖춘 듯한 인물의 표정이 무척 지치고 짜증난 듯 보인다. 하지만 인물의 위치는 그들보다 우위에 있으며 들고 있는 장대 또한 훨씬 크고 단단해 보인다. 조금만 신경을 쓴다면 내 위치의 유리한 점을 파악하고 신중하게 상황에 대처할 수 있다. 막아내기 급급해 본질을 파악하지 못한다면 결국 임시방편이 될 뿐 근본적인 해결이 될 수 없다. 나아가 자신감을 가지고 적절하게 방어하는 것은 그 어떤 공격보다 효과적일 수 있다. 나를 위협하는 요소를 어떤 위치에서 받아들일지는 내 마음가짐에 달렸다.

지팡이의 기운

여덟 개의 지팡이

여덟 개의 지팡이

Eight of Wands
여덟 개의 지팡이

목표를 향한 거침없는 빠른 전개

두려울 것 없어 보이는 강인한 모습의 호랑이가 날개를 달고
더욱 속도감 있게 목표를 향해 돌진하고 있다. 상승하며
고르게 뻗어가는 장대들이 원활하게 길을 안내해주고 있다.

색 상징

하늘 자유/ 청량함/ 기쁨/ 영원
남색 깊은 생각/ 힘/ 책임감

하양 무결함/ 결벽/ 깨끗함/ 완벽
파랑 냉정함/ 차가움/ 내면

정방향	Keyword	역방향
빠른 전진 돌진해오는 운명 단기적 사고	**신속**	반갑지 않은 변화 정적인 움직임 답답한 일상

◆ **긍정적**

일사천리

예상 불가할 만큼 빠른 속도로 상황이 급변한다. 이것은 긍정이 될
수도, 부정적으로 작용할 수도 있다. 흐름을 타고 순조롭게 흘러가기
위해서는 정신을 바짝 차려야 한다. 유연한 자세가 필요하다.

빠르고 거침없이 문제가 해결된다/ 지지부진할 필요가 없다/ 과감하게 달려들 것
망설이지 말고 흐름을 파악하고 달려들 것/ 갑작스러운 상황을 유연하게 대처할 것

순조롭게 생각했던 일들이 고민할 틈도 없이 순식간에 뒤바뀐다.
예상 외의 상황이 답답하게 느껴지지만 이 또한 빠르게 지나간다.
중요한 것은 마음가짐이다.

◆ **부정적**

급변한 상황

걷잡을 수 없이 빠른 전개에 휘말리고 있다/ 익숙지 않은 변화
급변하는 상황과 상대의 태도에 당황스럽다/ 서두르려 하다 역풍을 맞을 수 있다

상승하는 장대

일의 진전
사태의 호전
다가오는 상황
상승세

안개와 눈보라

주변의 방해
예상치 못한 변수
급한 전개

**정면을 응시하고
있는 비호**

거침없는 기세
빠른 속도

작가 노트

날개를 단 범, 비호飛虎

세상 거침없이 빠르게 달리는 날개 달린 범

호랑이는 그 강력한 기세와 힘만큼 속도에 있어서도 다른 동물과
견줄 수 없을 만큼 날렵하다. 선조들은 용맹하고 빠른 호랑이에게
날개를 달아 비호라고 표현하며 용감하고 날쌘 사람에 비유했다.
눈보라 따위는 문제없다는 듯 정면을 응시한 채 푸른 불꽃을 뿜으며
강력한 기세로 날개를 활짝 펼쳐 빠르게 날고 있는 호랑이의 기운은
바람처럼 빠른 상황의 전개와 강력한 기운을 상징한다.

지팡이의 기운

아홉 개의 지팡이

아홉 개의 지팡이

Nine of Wands

아홉 개의 지팡이

두려워도 맞서기 위해 경계 태세를 갖추다

결연한 표정으로 주위를 둘러보는 인물의 모습이 진지하다.
이미 한 번 겪은 부상의 아픔에 두려움은 더욱 크지만 장대를
꼭 쥔 손에서 지지 않으려는 불굴의 의지가 느껴진다.

색 상징

파랑 숨겨진 우울/ 내면/ 냉정   **군청** 솔직함/ 확실함/ 차분함
검정 위엄/ 힘/ 고요함/ 중후함   **빨강** 열정/ 에너지/ 강렬한 충격

정방향		역방향
만반의 대비	**대책**	부적절한 대처
재정비의 시점		준비 부족
용의주도한 자세		안전불감증

◆
긍정적

굳건한 자세

몇 번의 시행착오를 거치며 대비책의 중요성을 깨달았다. 불편한 일이 더 이상 반복되지 않도록 각성을 통해 의지를 다지고 있다. 고생을 하더라도 다시는 놓치고 싶지 않은 가치 있는 일에 온 힘을 쏟아부을 때다.

재정비의 시점/ 수월하지 않더라도 지켜내고 싶다/ 강한 경쟁 상대를 만난다
의심이 생긴다/ 최악의 사태까지도 염두해서 철두철미하게 준비하라

지금의 상황을 낙관적으로 본다면 완전히 빗나간 판단이 될 수 있다. 사소하다 느끼더라도 좀 더 꼼꼼하게 준비하지 않으면 엄청난 혼란을 초래할 수 있다. 막을 수 있을 때 미리 대비하도록 하자.

◆
부정적

완전한 오판

부족함으로 발생되는 실수의 반복/ 혼자만 태평하다/ 위기 의식 부족
어중간한 태도로 불편함을 만든다/ 방심은 절대 금물이니 여러 번 확인할 것

부상당한 얼굴과 경계하는 표정

상처를 겪다
두려움과 맞서다

장대를 꼭 쥐고 있는 손

강한 의지
철저한 대비
방어/ 도전

촘촘하게 박혀 있는 장대들

대비책
방어막/ 노력
긴장감

작가 노트

평화에 취해 대비하지 못한 최악의 전쟁, 임진왜란

허술한 대책으로 7년을 짓밟힌 전쟁의 아픔

21세기에 사는 우리도 임진왜란을 모르는 이가 없다. 조선은 건국 후 200년 가까이 직접적인 전쟁을 겪지 않았다. 조선의 평화가 지속되는 동안 일본은 세력을 키우며 차분히 조선을 침략할 계획을 세웠다. 나날이 커져가는 일본의 움직임이 심상치 않음을 감지한 조선은 통신사를 보내 상황을 보고하도록 했지만 '풍신수길(도요토미 히데요시)의 눈은 쥐와 같으니 족히 두려워할 위인이 못 됩니다'라는 보고만 믿고 아무 대책도 세우지 않았다. 결국 조선은 임진년 전례 없던 7년간의 처참한 전쟁으로 모든 것을 잃었다 해도 과언이 아닐 최악의 상황을 맞이했다. 대책 없는 방심이 만든 아픈 역사의 교훈을 꼭 기억하자.

지팡이의 기운

열 개의 지팡이

10

열 개의 지팡이

Ten of Wands

열 개의 지팡이

스스로 자신의 발목을 붙잡은 거대한 집착

누군가 옆에서 강요하지도, 채찍질을 하지도 않지만 오로지
자신의 집착으로 모든 것을 안고 가기 위해 힘겨워하는
인물의 모습이 무척 고되고 지쳐 보인다.

색 상징

군청 압박감/ 고립/ 부담/ 외로움   **남색** 깊은 자아/ 책임감/ 중압감
박하 수동적/ 소극적/ 의지 부족   **하양** 결벽/ 완벽/ 무결함/ 신념

<table>
<tr><td>정방향</td><td>Keyword</td><td>역방향</td></tr>
</table>

정방향	Keyword	역방향
한계에 들다 신념이 만든 고난 강한 집착	**집착**	피하고 싶은 책임 계속되는 부담 자신감 부족

긍정적

내려놓을 시점

이미 한계에 도달해 지칠 대로 지쳤음에도 자신이 책임져야 한다는 심리적 압박에 시달리고 있다. 내려놓지 못하는 것은 온전히 자신의 선택임을 깨닫고 조금씩 그 무게를 내려놓을 필요가 있다.

너무 많은 상황을 통제하려고 한다/ 성실한 마음만큼 일에 진척이 없어 지친다
힘들어도 내색하지 못하는 심정/ 혼자 해결하기보다 주위의 도움을 청할 것

무책임한 마음이 들지만 이제 그만하고 싶은 마음도 크다. 내려놓고 싶지만 겁이 나는 것도 사실이다. 상황을 회피하고 도망치기보다 차근차근 문제의 원인을 파악하며 해결해나가는 것이 중요하다.

부정적

상황 회피

해내지 못할 것 같은 좌절감/ 혼자서만 느끼는 부담감과 고립감
자꾸만 가중되는 문제들/ 자신이 없다면 더 늦기 전에 남에게 넘길 것

지친 표정의 인물

한계 도달/ 지침
피로감/ 고통
부담감/ 집착

흰 목련

숭고한 정신
고귀함/ 봄

장대 무리

마음의 짐
무게감
욕심/ 책임

작가 노트

지치고 힘든 사람들을 위한 따뜻한 조언의 카드

스스로 짊어진 짐을 내려놓을 수 있도록 어깨를 토닥여주는 시간

이 카드는 사실, 긍정과 부정이라고 할 것 없이 전반적으로 매우 어두운 색채가 강하다. 강한 신념이 지나친 아집이 되고, 선의의 마음이지만 거절하지 못해 답답한 마음으로 인하여 무기력한 사람에게 그럴 필요 없다고, 이미 충분히 잘하고 있다고 어깨를 두드려주며 위로의 한마디를 건넨다면 이 카드가 무조건 부정적이라고만은 할 수 없을 것이다. 공교롭게도 78장의 타로 카드를 작업하면서 마지막으로 남은 2장의 카드 중 하나가 이 카드였다. 스스로 지쳐가던 마음에 메시지가 들려왔다. 이미 잘해왔다고, 조금씩 내려놓고 힘을 내자고, 한결 가벼워진 마음으로 완성을 향해 다가갔던 고마운 카드로 기억하게 되었다.

지팡이의 기운

초심자의 지팡이

초심자의 지팡이

Page of Wands
초심자의 지팡이

밝은 미래를 꿈꾸는 새색시의 마음

수줍게 고개를 들고 앞으로 다가올 미래에 대한 기대감으로
가득한 표정이 아름답다. 아직은 순수하고 여리지만 희망에
대한 열의와 열정은 누구보다 강하다.

색 상징

하늘 자유/ 청량함/ 기쁨/ 영원   **하양** 순수함/ 진실함/ 만족감
노랑 태양/ 황금빛/ 새출발   **빨강** 사랑/ 따뜻함/ 열정

정방향	Keyword	역방향
새로운 의욕		철없는 마음
찾아오는 기회	희망	얄팍한 행동
순수한 진심		막연한 준비

◆
긍정적

설레는 출발

많은 것을 계산하고 생각하기보다 순수한 희망과 설렘으로
시작할 준비를 하고 있다. 때로는 많은 생각보다 긍정적인 마음을
가지고 출발하는 쪽이 더 도움이 된다는 것을 잊지 말자.

기대와 희망에 부푸는 마음/ 성과가 좋다/ 발목을 잡는 것들은 과감히 뿌리치자
순수한 마음으로 신뢰를 쌓아라/ 순조로운 진행이 예상된다

희망을 가진다는 것이 자칫 아무런 준비도 없이 무작정
달려드는 것과는 다름을 확실히 할 필요가 있다. 무분별한 욕심을
내세우기보다 주변과 조화를 이루고 때를 기다리는 것이 중요하다.

◆
부정적

철없는 변덕

어리석은 허세를 주의할 것/ 생각 없이 나서는 행동은 상황을 나쁘게 만들 수 있다
작은 일에 마음이 흔들리지 않도록 한다/ 말뿐인 허영심을 버리고 진실을 볼 것

연지곤지
시작/ 출발
축복/ 순수
액운을 막다

해바라기
빛나는 성과
기쁨 /행복
열정/ 희망

개나리/ 족두리
봄/ 혼례
새 생명/ 기쁨
책임

작가 노트

수줍은 마음을 안고 떠나는 새색시의 긴 여정

액운을 막고 새로운 출발을 축복하는 새색시의 연지곤지

연지곤지는 혼례날 새색시가 얼굴에 찍는 붉은 점이다. 예로부터 붉은색은
액운을 막는다 하여 연지를 몸이나 물건에 발라 악귀와 전염병을 물리치고자 했다.
악귀가 가까이 오지 못하게 하고 시작을 축복하는 의미를 담아 새색시의 볼과 이마에
붉은 연지를 찍어 연지곤지라 했다. 새로운 출발에 악운은 막고 좋은
일만 가득하길 바라는 선조들의 마음처럼 설레는 여정의 시작을
응원하는 마음으로 그렸다.

지팡이의 기운

기사의 지팡이

knight of Wands

기사의 지팡이

도전을 향한 강렬한 의지와 용맹한 기세

새로운 시작 앞에 강렬한 의지와 기세가 거침이 없다.
불덩이같이 뜨거운 열정의 기운으로
힘찬 도약을 시작한다.

색 상징

하늘 자유/ 청량함/ 기쁨/ 영원
노랑 태양/ 황금빛/ 새출발

자주 신비로움/ 애정/ 도전
빨강 사랑/ 따뜻함/ 열정

정방향		역방향
강력한 의지	**도전**	감정적 흥분
넘치는 활력		원하지 않는 변화
거침없는 시작		독단적 태도

◆
긍정적

뜨거운 심장

이제 막 여정을 시작하는 기사의 심장은 활력과 열정으로 가득 차 있다.
용맹과 강력한 의지는 뜨거운 열정과 만나 거침없는 기세로
세상을 향해 달려든다.

적극적인 자세로 임한다/ 새로운 일을 개척해나간다/ 어디로든 떠날 준비가 되어 있다
망설이지 말고 시작하되 주변의 상황을 신중하게 고려할 것/ 의욕만큼 차분할 것

빠르게 다가오는 변화의 시간이 아직은 버겁게 느껴질 수 있다.
충분한 탐색 없이 앞서는 마음만으로는 일을 그르치기 쉽다.
조금은 신중하게 도약의 발판을 준비하는 시간이 필요하다.

◆
부정적

앞서는 마음

자칫 독단적으로 보일 수 있다/ 관계에 있어 이기적이라는 평가를 받는다
충동적 행동을 주의할 것/ 빠른 변화에 휩쓸리지 말고 대안을 생각할 것

주작
불/ 남쪽
장생불사
길조/ 수호

불꽃
강렬함/ 의지
적극적 자세
용맹

작가 노트

지팡이의 수호자, 남쪽 하늘의 붉은 주작

삼국시대부터 지금까지 가장 친숙한 불의 수호신

선조들은 높은 하늘을 날며 우아한 날갯짓을 하는 아름다운 새들을
보면서 많은 상상을 했다. 대표적인 예가 주작과 봉황인데, 언뜻 비슷해 보이지만
봉황은 오색빛 화려한 몸색을 가졌고 주작은 붉은빛을 띠는 경우가 많다. 불덩이처럼
뜨거운 붉은빛으로 몸을 휘감고 높은 하늘을 향해 비상하는 주작의 신비로운 기운은
인간의 생명력과 열정을 수호하기에 부족함이 없어 보인다.

여왕의 지팡이

지팡이의 기운

여왕의 지팡이

Queen of Wands
여왕의 지팡이

도도하고 강렬하게 다가오는 마성의 매력

부드러운 손길로 고양이를 안고서 도도한 표정으로
강렬하게 정면을 응시하는 매혹적인 인물은
주변의 시선을 사로잡기에 충분하다.

색 상징

하늘 자유/ 청량함/ 기쁨/ 영원
노랑 태양/ 황금빛/ 매력

검정 권력/ 위엄/ 무게감/ 힘
빨강 사랑/ 따뜻함/ 열정

정방향		역방향
주목의 대상	**시선 집중**	강한 질투심
사랑의 독차지		오만한 태도
당당한 자세		배려의 부족

◆

긍정적

도도한 매력

매력적인 태도와 솔직함으로 주위의 관심과 사랑을 받는다.
자신감 있는 당당한 태도는 강한 매력으로 느껴질 수도 있지만 지나친
주목은 오히려 독이 될 수도 있으니 늘 주위를 둘러보도록 하자.

나를 향한 주위의 관심이 높다/ 인기가 많아진다/ 스스로 이끌어가고 싶은
마음이 생긴다/ 관능적인 매력을 느낀다/ 당당한 자세로 지금의 상황을 즐길 것

지나치게 주목받고 싶은 욕심으로 타인에게 독선적이고 이기적인 사람이란
오해를 받기 쉽다. 자신에게 도움이 되지 않는 질투심과 같은 부정적인
감정에 휘둘려 독단적인 행동을 하지 않도록 주의할 것.

◆

부정적

오해를 산다

불필요하게 주목에 집착하고 있다/ 고집을 부려 이끌어가려고 한다
타인을 배려하는 마음이 부족하다/ 억지를 부리기보다 의견을 조율하기 위해 노력하라

**왕비의
대수머리**

권력/ 지위
시선의 주목
책임의 무게

검은 고양이

마성의 매력
도도함
관능적/ 여유
은근한 주목

장대의 불꽃

강인한 심지
사랑/ 열정
솔직함

작가 노트

집중되는 시선만큼 온전히 홀로 견뎌내야 하는 왕비의 자리

화려한 만큼 무거운 대수머리와 움직임이 불편한 여러 겹의 대례복을 버티며

궁중에서 왕비의 의식용 대례복 차림에 올려지는 머리 장식을 대수머리라고
한다. 시대에 따라 차이는 있지만 많은 양의 가채를 넣어 여러 갈래의 댕기로
둘러 감싸고 위에는 아름다운 장신구로 치장하여 시선을 끌기에 부족함이
없다. 하지만 왕비는 그만큼의 불편함을 온전히 견뎌야만 하였다. 카드의
여왕처럼 지금 우리도 타인의 인정과 주목을 받기 위해 보이지 않는 화려한
대수머리를 올린 채 그 무게감을 버티며 살고 있는 것은 아닌지 생각해본다.

지팡이의 기운

왕의 지팡이

왕의 지팡이

King of Wands
왕의 지팡이

결점 없이 대담하게 이끌어가는 지도력

이제 막 보위에 오른 왕.
이 순간을 기다려왔다는 듯 옥으로 만든 규圭와
장대를 어루만지며 대담한 시작을 다짐하고 있다.

색 상징

하늘 자유/ 청량함/ 기쁨/ 영원   **남색** 책임감/ 중압감/ 깊은 자아
검정 권력/ 위엄/ 무게감/ 힘   **빨강** 사랑/ 따뜻함/ 열정

<table>
<tr><td>정방향</td><td>Keyword</td><td>역방향</td></tr>
<tr><td>확실한 성과
넘치는 열정
강력한 통솔력</td><td>**신념**</td><td>불안정한 지위
부담스러운 시선
조급한 마음</td></tr>
</table>

◆
긍정적

압도적 집중

자신감으로 가득 차 있다. 그 힘에 이끌려 사람들이 모여든다.
지금은 아무리 어려운 일이 있어도 가장 앞에서 사람들을
이끌며 담대하게 이루어낼 힘과 열정이 가득하다.

직관력이 살아난다 / 마음속 신념이 싹튼다 / 지도자의 위치에 서게 된다
이끌어가기 위해서는 건설적인 계획을 쌓는 것이 중요하다

· ·

이끌고 싶은 욕심에 독단적인 선택을 하게 되면 주위의 신임을
잃는 것은 시간문제다. 앞서는 마음 때문에 감정적으로 대처하거나
흥분해서 판단력을 잃지 않도록 평정심을 유지하는 것이 중요하다.

◆
부정적

이기적 폭군

감당하기 버거운 상황에 스트레스를 받고 있다 / 권력에 지나치게 집착하고 있다
타인에게만 엄격하게 굴고 있지 않은지 돌아보도록 한다

왕의 면류관

권력 / 통솔력
자신감
대담함

붉은 장미

열정과 사랑
강렬한 끌림

규

최전방에 서다
성과를 이루다
힘을 받다

작가 노트

왕을 위한 세상의 축복을 담은 옷, 구장복

세상의 덕목과 이치, 위엄을 담은 왕의 옷

세상은 성군을 바라지만 쉽게 만들어지지 않는다. 성군이 되기 바라는 염원을 담아 왕의 상징과 성군이
갖춰야 할 덕목을 아홉 가지 그림으로 넣은 옷을 구장복이라 한다. 면류관은 앞뒤로 아홉 개의 옥과
구슬을 늘어뜨려 '악은 보지 말고 나쁜 말은 듣지 말라'라는 뜻을 담았으며 손에 쥔 서옥은 흙 土 자를
두 번 겹쳐 규라고 하는데, 천자로부터 받은 땅을 다스린다는 의미를 담았다. 카드의 왕처럼 이제 막
보위에 올라 이 모든 것을 갖춰 입은 모습을 눈앞에서 본다면 그 강력한 힘에 누구든 압도되어 복종을
다짐할 것만 같다. 그 대담한 열정과 힘의 기운을 함께 느껴보기 바란다.

금화의 기운

가치 있는 능력과 재물로
삶을 윤택하게 하는 풍요로움

건곤감리

결실이 주는 선물, 대지의 축복

땅으로부터 얻는 무한한 결실과 가치의 힘

땅은 그 안으로 가능성을 품었다가 가치 있는 결실로 우리에게 돌아온다.
그것은 풍요와 재물로 삶을 윤택하게 하는 모든 물질이 되어준다. 그러나
모든 것은 땅에서 태어나 다시 땅으로 돌아간다는 점을 잊어서는 안 된다.

인의예지의 자세_인

어질고 선한 마음으로 베풀며 나누는 자세

'어질다'는 '얼이 짙다'에서 온 말로 심성이 선한 사람을 말한다. 가진 것을
나누며 사랑할 줄 아는 자세야말로 풍요로운 마음가짐의 지름길이며 선한 마음의
시작이다. 나누고 감사할 줄 아는 어진 사람에게는 반드시 더 큰 복이 오기
마련이다.

◆ 행복한 가정	◆ 관용의 마음	◆ 근면 성실	◆ 재물과 풍요	◆ 능력과 가치

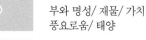

황
부와 명성/ 재물/ 가치
풍요로움/ 태양

적황 황
수확과 풍요/ 활력과 만족
유쾌함/ 원기

적청 자
열기와 냉기(양극)/ 고귀함
매혹적/ 마력/ 황홀함

흑백 재
흐트러진 판단/ 망설임
고민과 후회/ 무無의 상태

금화로 표현된 인간이 누릴 수 있는 모든 가치

나에게 주어진 가치 있는 재물과 풍요를 어떻게 누릴 것인가

인간이 누리고자 하는 풍요의 범주에는 단순한 금전뿐만 아니라 실로 다양한 재물과 능력, 타인의
마음까지 그 수를 가늠하기 어려울 만큼 많다. 금화와 같은 화폐단위가 만들어지면서 자신이 누리기
어려웠던 타인의 풍요까지도 맛볼 수 있게 되었기 때문에, 금화가 주는 의미는 인간에게 매우 클 수밖에
없다. 재물의 가치는 사람마다 생각하고 느끼는 것이 다르지만 욕심이라는 무서운 존재를 멀리해야
한다는 것, 작은 것에도 감사할 줄 아는 마음이 진정한 풍요인 것은 모두가 알고 있는 진리이다.

금화의 기운

첫 번째 금화

첫 번째 금화

Ace of Pentacles

첫 번째 금화

노력으로 성취한 단 하나의 큰 가치

하나의 귀중한 금화. 피땀 어린 노력으로 이뤄낸 가장
큰 가치는 여러 개의 금화와 견주어도
아쉽지 않을 만큼 소중하고 강렬하다.

색 상징

연노랑 다가오는 기쁨/ 밝은 미래
노랑 태양/ 황금빛/ 광명/ 가치

하양 순수함/ 진실함/ 만족감
적갈색 곧은 심성/ 안정감/ 토대

정방향	Keyword	역방향
능력의 발휘 노력의 인정 성취의 시간	**결실**	금전적 결핍 불확실한 장래 불필요한 지출

◆
긍정적

소중한 가치

그간 갈고닦아왔던 노력의 결과가 확실한 보증 수표가 되어
풍요로움 앞으로 인도하고 있다. 부와 명성, 재물과 관련한 좋은
소식을 기다려봐도 좋다.

의욕적인 자세와 힘이 넘친다/ 밑바탕이 탄탄하게 깔린다
예상치 못한 이익이 생긴다/ 안정감이 생긴다/ 가능성을 크게 열어둘 것

눈앞의 이익만을 생각하며 다소 부당하더라도 손을 뻗으려 한다.
손바닥으로 하늘을 가릴 수 없듯, 그로 인한 혹독한 대가를 치르게
될지도 모른다. 품위를 지키며 당당한 선택을 하자.

◆
부정적

부당한 이익

허전한 마음으로 불안한 상황이 생긴다/ 목표를 부당한 방법으로 취하려 한다
재능이나 능력을 제대로 발휘하지 못한다/ 이익보다는 온전히 결과에 집중하라

푸른 강물
깊은 열정
넓은 도량
베푸는 마음

금화
풍요/ 재물
능력/ 자산
노력의 결과
소중한 가치

일월오봉도
(가을)
수화/ 결실
자산의 축적

작가 노트

민족의 끈기와 강인함의 상징, 무궁화

영원히 피고 또 피어서 지지 않는 꽃

무궁화는 우리 민족의 꽃으로 하늘의 꽃이라 하여 신라시대에는
'무궁화의 나라, 근화향槿花鄕'이라 불릴 만큼 역사와 애정이 깊다.
일제강점기에는 한국인의 자긍심을 꺾으려 아침에 피고 저녁에 진다는 꽃의
특성을 나약함에 비유하며 비하했지만, 무궁화는 100일 가까이 피고 지기를
반복하여 다함이 없는 꽃으로 굳건히 우리 민족의 사랑을 받았다.
끈기와 노력을 이길 수 있는 것은 없다. 노력의 가치는
반드시 인정받아 풍요로 돌아온다.

금화의 기운

② 두 개의 금화

Two of Pentacles
두 개의 금화

능숙하게 적응하는 유연한 자세

광대가 풍류를 즐기며 능숙하게 금화 두 개를 다루고 있다.
여유로운 표정과 능숙하게 금화를 다루는 모습이
보통 실력이 아님을 느끼게 한다.

색 상징

하늘 자유/ 청량함/ 기쁨/ 영원 **하양** 순수함/ 진실함/ 만족감
노랑 태양/ 황금빛/ 광명/ 가치 **빨강** 사랑/ 따듯함/ 열정/ 에너지

정방향	Keyword	역방향
능숙한 해결		불균형
올바른 선택	**능숙함**	미흡한 대응
순조로운 흐름		어중간함

◆

긍정적

능수능란

눈앞에 닥친 상황을 능수능란하게 대처하는 여유가 느껴진다.
능숙한 흐름을 타고 나에게 유리한 기류가 다가오고 있다.
자신감을 갖고 마음의 여유를 유지하도록 한다.

여러 가지 일을 동시에 해낼 능력이 있다/ 긍정적인 마음/ 상황을 즐기고 있다
밀고 당기는 기분이 든다/ 주목받고 인기 있는 일에 관심이 생긴다

변화의 파도가 거세게 느껴질 뿐 흐름에 섞이지 못해 불안한
마음이 커진다. 중심을 놓치는 순간 균형은 무너진다.
균형을 지키기 위해서는 꾸준한 노력이 필요하다.

◆

부정적

흔들리는 중심

인간관계에 싫증을 느낀다/ 어중간한 태도로 오해를 산다
상황에 서툴게 대응하고 있다/ 지금은 즐기기보다 상황을 직시해야 할 때

여유 있는 표정

능숙함/ 자신감
마음의 여유
즐거움

상모

재주/ 변화
자신의 능력
드러나는 실력

능숙한 손놀림

노력의 결과
시선 집중/ 재미

작가 노트

여성 꼭두쇠의 전설, 바우덕이

가만히 있어서는 균형을 잡을 수 없다

주변 상황은 늘 달라지며 인간관계 또한 내 뜻대로 멈춰 있지 않다. 능숙하게
균형을 잡고 있는 광대의 모습은 재미있고 쉬워 보일지 몰라도 결코 하루아침에
이루어지지 않는다는 것을 우리는 잘 알고 있다. 균형의 힘은 끊임없이
움직이며 계속해서 집중해야 유지할 수 있다. 그러기 위해서는 충분한
수련이 필요하듯 늘 내면을 강화하는 훈련이 있어야만 능숙하게 상황을
파악하여 유능한 판단을 내릴 수 있음을 명심하자. 바우덕이는 천재 예인으로,
여성으로서 남사당패 우두머리인 꼭두쇠에 만장일치로 선출되어 사당패를
이끌며 흥선대원군으로부터 정3품에 해당하는 옥관자를 하사받았다.
피나는 노력과 균형 감각으로 전설이 된 바우덕이를 떠올리며 그려보았다.

세 개 의 금화

Three of Pentacles
세 개의 금화

수면 위로 드러나는 노력의 성과

그간 노력했던 결과를 인정받는 시기가 찾아온다.
실력을 인정받았다면 더 앞으로 나아갈 준비를 해야 한다.
또 다른 시작이 다가오는 것이다.

색 상 징

회색 중립/ 감정의 배제
주황 활기/ 적극적/ 만족/ 유쾌

박하 고민 해소/ 깨달음
검정 무게감/ 권력/ 위엄/ 힘

◆ 긍정적

재능의 발휘

그간의 노력이 드디어 성과를 발휘하기 시작한다. 잘 드러나지 않았던 숨은 재능까지도 빛을 발휘하기 시작하면서 뿌듯함을 느낀다. 지금을 기회 삼아 기술을 연마해도 좋다.

능력을 평가받다/ 좋은 자리에 발탁된다/ 실력을 발휘할 기회가 찾아온다
도움이 되는 역할을 한다/ 실력이 좋은 조력자를 만난다/ 자신의 실력을 믿을 것

기대한 것보다 실력을 인정받지 못해 초조한 마음이 든다.
하지만 다시 생각해보면 인정받지 못하는 이유가 반드시
타인에게 있지만은 않다. 스스로의 부족함을 돌아보도록 하자.

◆ 부정적

미숙한 기술

비효율적 활동/ 좀처럼 잘하려는 의지가 생기지 않는다/ 의욕이 꺾인다
실력으로 인정받지 못한다/ 앞으로 나아가지 못한다/ 노력이 부족함을 인정하라

얼굴을 가림
겸손/ 익명
기쁨을 숨김
비밀스러운

능소화
기다림
명예/ 그리움

어사화
노력의 보상
돋보이는 실력
위상/ 기대

작가 노트

오늘의 성공은 새로운 도약의 시작이다

실력을 인정받게 되었다면 그다음을 생각하라

조선 초 태종 때 시험 감독관을 맡았던 대신들이 왕에게 가장 훌륭한 답안을 두 개 가져와 장원을 가려달라 요청했다. 태종은 보지도 않고 하나를 집었는데 그것은 정인지라는 인물의 답안이었다. 정인지는 이렇게 장원 급제하여 실력을 발휘할 기회를 얻지만 기록에 따르면, 그는 도장을 잃어버리는 등 사소한 일 처리도 제대로 하지 못해 투옥되거나 벌을 받았다. 능력을 인정받아 기회가 생긴다고 해서 모든 일이 술술 풀릴 거라는 안일한 생각은 버리는 게 좋다. 이후 정인지는 심기일전하여 세종과 함께 천문과 산술에 뛰어난 능력을 발휘해 많은 업적을 세우고 후대에 이름을 남겼다. 실력에 대한 평가는 순간이 아닌 긴 시간의 노력으로 이루어진다는 점을 잊지 말도록 하자.

네 개의 금화

금화의 기운

네 개의 금화

Four of Pentacles
네 개의 금화

소유욕에서 시작된 강한 집착

금화를 품 안 가득 안고 정면을 노려보는 인물의 얼굴에
욕심이 가득하다. 손에 가득 쥔 금화들을 놓치지 않으려는 듯
인물의 표정은 공격적이며 긴장감마저 감돈다.

색 상징

검정 집착/ 독점/ 권력/ 힘
적회색 메마른 감성/ 이기심

하양 결벽/ 차가움/ 불안감
빨강 에너지/ 성적 매력/ 본능

◆
긍정적

확고한 소유

자신이 가진 이익을 증대시키고 투자하기보다 지금 가지고 있는
것을 확실히 지키고 싶은 마음이 강하다. 때문에 선택의 시점에서
타협점을 찾기보다 가진 것을 절대 잃지 않으려는 성향이 강하다.

잃게 될까 봐 조마조마한 마음/ 현상 유지에 만족하는 상황/ 풍요롭지만 외롭다
실패할까 봐 더욱 신중하다/ 타인과 나누는 일에도 마음을 열어볼 것

내 것에 대한 강한 집착과 소유욕에 눈이 멀어 주변을 둘러보지
못하고 있다. 남과 나누지 않는 탐욕은 나의 마음을 황폐하게 하고
결국 외로움만 남게 된다는 점을 잊지 말자.

◆
부정적

탐욕과 집착

인색하다는 소리를 듣는다/ 타인의 것도 소유하고 싶다/ 일방적이고 지배적인 성향
지금의 문제는 탐욕이다/ 다 가지려다 다 잃는다

움켜쥔 금화들

소유욕/ 물질
욕심
독차지하고
싶은 욕망

초조한 표정

인색함/ 불안함
빼앗길까 봐
느끼는 초조한
마음

흑백의 장미

백장미:
차가움/ 순수
흑장미: 당신은
영원한 나의 것

작가 노트

비참한 결말만 남긴 한없는 탐욕의 끝

멈추지 못한 탐욕으로 파멸에 이른 연산군과 장녹수

연산군은 조선 최악의 폭군으로 역사에 남은 왕이다. 연산군은 주색에 빠져 더 많은
기생을 자신의 곁에 두기 위해 '흥청'이라는 기관을 만들었는데 우리가 아는
흥청망청이라는 단어도 여기서 나온 말일 정도로 많은 기생을 자신의 소유로 만들려
했다. 장녹수는 이때 흥청을 통해 발탁되었다가 연산군의 눈에 들어 후궁이 되었다.
천민의 신분에서 왕의 총애를 받아 후궁의 자리까지 올랐지만 그에 만족하지
않고 나날이 탐욕스럽게 더 많은 부를 축적하며 권력을 함부로 휘둘렀다. 심지어
자신의 치마를 밟았다는 사소한 이유만으로 기녀를 참형에 처하기도 했다.
결국 참다 못한 신하들이 중종반정을 일으켜 연산군은 폐위되고 유배지에서
쓸쓸히 죽었다. 장녹수 역시 길거리에서 비참한 죽음을 맞이했다.

다섯 개의 금화

Five of Pentacles
다섯 개의 금화

혹독한 현실과 마주하지 못하는 도움

인물의 상황이 무척 힘겨워 보인다. 휘몰아치는 눈보라로
마음의 여유조차 없는 혹독한 상황에 그저 고개만 들면
보이는 따스한 도움의 손길조차 눈치채지 못하고 있다.

색 상징

검정 집착/ 무기력/ 어둠/ 고통   **암청색** 절망/ 불안감/ 슬픔
암갈색 자존심/ 비밀/ 가난/ 재난   **하양** 결벽/ 차가움/ 불안감

<table>
<tr><td>정방향</td><td>Keyword</td><td>역방향</td></tr>
<tr><td>앞서는 자존심
반성의 시간
설상가상</td><td>궁핍</td><td>상황의 개선
희망이 보이다
도움의 손길</td></tr>
</table>

◆
긍정적

상황이 뜻대로 흘러가지 않아 마음이 아프다. 설상가상 주변의
상황도 혹독하기는 마찬가지다. 조급함보다는 관점을 달리하며
방법을 모색한다면 의외의 상황에서 해답을 찾을 수 있다.

방법의 모색

겪어보지 못한 곤란함, 도움은 반드시 온다/ 좋지 않은 상황은 곧 지나가기 마련이다
이런 상황이 생긴 것을 반성하고 돌아볼 것/ 가진 것에 만족할 줄 아는 자세가 필요하다

궁핍하고 혹독한 상황임에도 불구하고 자존심이 앞서 도움조차
받지 못하고 있다. 이 상태라면 상황은 더욱 악화되고
고립될 수밖에 없다. 자포자기의 심정이지만 희망을 잃지 말자.

◆
부정적

혹독한 시련

고립된 상황이 외롭다/ 시련의 시간/ 좋지 않은 흐름에 기운이 빠진다
마음의 여유가 전혀 없다/ 임시방편으로 끝내려 하지 말 것/ 솔직하게 도움을 청해보자

눈보라
혹독함/ 차가움
외로움/ 슬픔
고립

빛나는 금화
희망/ 여유
도움의 손길

동백꽃
겨울을 이기다
애타는 사랑
강한 생명력

작가 노트

대의명분만 앞세우다 조선 최악의 치욕을 겪은 병자호란

경술국치 이전 최악의 치욕, 삼전도의 굴욕

병자호란은 조선의 대의명분을 끝까지 앞세워 청나라를 배척하며 국운이 다한 명나라와만 화친하려다
생긴 최악의 난이다. 청에서 사신을 보내는 등 여러 차례 융통을 발휘할 상황이 있었음에도 청나라와
좋은 관계를 유지하려던 광해군조차 폐모살제(어머니와 동생을 죽이다)를 이유로 폐위시켜버리고
대의명분을 들어 자존심을 끝까지 고집한 조선은 결국 병자호란이라는 최악의 치욕을 겪으며 임금이
청나라 왕 앞에 한겨울 맨바닥에서 머리를 아홉 번이나 조아리는 '삼전도의 굴욕'을 겪었다. 또
수많은 조선 사람들이 청나라로 끌려가 고통과 설움을 겪어야 했다. 자존심을 버리고 조금만 융통을
발휘했다면 혹독한 시기가 이렇게 길지는 않았을 것이다. (물론 조선시대는 지금과는 세상이 다르니 어쩔 수
없었을지 모르지만 결국 후대에 최악의 굴욕으로 기록된 것을 보면 과연 이를 합리적이라 이해할 수 있을까.)

금화의 기운

여섯 개의 금화

여섯 개의 금화

Six of Pentacles

여섯 개의 금화

풍요와 선의에서 시작되는 상호 관계

여유와 자비로움이 느껴지는 권력자가 손을 뻗어 도움을
주고 있다. 한 손에 든 천칭은 인물이 합리적인
균형을 이루는 자라는 것을 보여준다.

색 상징

회색 중립(무채색)/ 감정 배제
빨강 사랑/ 따뜻함/ 열정

진한 파랑 냉정함/ 신비로움
적갈색 굳센 절개/ 올곧은 심성

정방향

긍정적 소통
나누는 기쁨
풍요로운 상태

관계

역방향

차별하다
지위를 이용하다
가식적 행동

◆

긍정적

선의와 공생

마음의 여유와 풍족함이 넘쳐 타인과 배려하고 나누고자 하는
선의로 이어진다. 진정성 있는 도움과 소통으로 서로 좋은 관계를
유지하며 주변으로부터 감사와 존경을 받는 선순환이 이어진다.

풍족함과 여유가 있다/ 진정성 있는 도움을 주고 싶다/ 합리적이고 공평한 마음
관대한 마음이 생긴다/ 베푸는 행동에서 뿌듯함과 기쁨을 느낀다

형편이나 상황을 고려하지 않고 특정한 타인에게 그럴싸하게
생색을 내려 한다. 이런 행동은 결국 간파당하기 마련이다.
정당하고 합리적인 대우로 상황을 바꿔보도록 하자.

◆

부정적

겉치레

차별 대우를 받다 또는 차별 대우를 하다/ 기대한 수준에 미치지 못하는 보상
독차지하고 싶은 이기심/ 가식적인 행동/ 정당한 대가와 합리적인 칭찬이 필요하다

베푸는 손

마음의 여유
기부
봉사활동
도움/ 배려

천칭

합리적 판단
균형적 사고
자신의 기준
분배/ 실익

인자한 표정

베풀고 싶은 마음
마음의 여유
평화로움

작가 노트

현명하고 슬기롭게 베풀 줄 아는 자

풍요로움과 여유에서 나오는 관대한 마음

한 손에는 천칭을 들고 도움을 요청하는 두 사람의 손 중 한쪽에
금화를 나눠주고 있는 인물의 모습으로 보아 무분별하게 도움을
주는 것은 아니다. 인물은 부유함과 동시에 매우 현명한 사람이다.
나름대로의 기준을 두고 필요한 만큼 적재적소에 맞춰 얼마나
도움을 줄 것인지 명확하게 알고 있다. 도움을 받은 이들과 호의적인
관계를 유지할 수 있으며 반대로 나 또한 그들을 통해 한 단계
나아갈 수 있는 공생의 관계를 만들 수 있다.

금화의 기운

일곱 개의 금화

일곱 개의 금화

Seven of Pentacles

일곱 개의 금화

결과에 만족하지 못하는 아쉬움

수확의 결실이 만족스럽지 않은 듯 지쳐 보이는 궁녀의
표정이 슬프다. 반짝이는 금화가 눈앞에 있어도
높은 기대심 때문에 부족함을 느낀다.

색 상징

연회색 모호함/ 답답함
어두운 풀색 시든/ 생기를 잃은

남색 책임감/ 중압감/ 깊은 고민
박하 의지 부족/ 소극적

◆
긍정적

성장의 과정

열심히 달려왔지만 더 이상의 기대에 미치지 못해 지치고 서글프다.
하지만 이는 성장의 과정이며 더 앞으로 나아가기 위해서는 푸념이나
자책보다 다음을 위한 재검토와 철저한 계획이 필요하다.

더 좋은 목표가 눈에 들어온다/ 지금의 상황이 만족스럽지 않다/ 사고의 전환점이 필요
지금의 대가도 나쁘지는 않다/ 기반이 있으니 포기하지 말고 방법을 바꿔볼 것

능력은 생각하지 않고 결과에 이르기까지의 방법이 막연하면
아무리 노력해도 원하는 성과를 얻을 수 없다. 때로는 평소와
전혀 다른 방식으로 새로운 시도를 도전해보자.

◆
부정적

과대평가

불평불만이 많다/ 자신의 능력을 너무 높게 평가하고 있다
부족한 결과물에 기운이 빠진다/ 부족한 부분이 무엇인지 확실히 파악할 것

지친 표정

피로/ 의욕 상실
불만이 있다
초조한 결과
우울함

빛바랜 금화

불만족
기대 이하
잘못된 예측
불투명한 미래

뻗어가는 덩굴

더 잘하고 싶은
욕구
상승의 욕망

조선왕조 500년을 함께 움직였던 궁궐의 숨은 존재들

작가 노트

평생을 바쳐 충성을 다했던 궁녀들

왕족의 수발을 드는 궁녀는 조선왕조 500년을 함께한 중요한 존재들이다. 대우가 나쁘지 않고 숙식이
해결되었기에 가난한 서민들의 딸들은 어린 나이부터 궁녀로 들어가 궁궐 살림을 시작했다. 궁녀는 아직
엄마 품이 한참 필요한 열 살 전후의 여자아이들을 모집했다. 꼬마 궁녀인 생각시 시절에는 한글은 물론 소학,
삼강행실도 등 기본적인 학문을 익혀야 했으며 규율이 엄격했다. 입궁한 지 10여 년이 지나면 계례식을 통해
비녀를 꽂고 정식 궁녀가 되어 나인이라 불렸다. 궁녀 조직에서 최고 권력자인 제조상궁은 왕으로부터 직접
정1품을 하사받아 권력과 부를 누렸다. 또한 궁녀들은 왕의 눈에 들어 승은을 입고 승은 상궁이 되거나 왕의
자식을 낳으면 4품까지 초고속 승진에 신분 상승도 가능했다. 궐에는 수많은 궁녀가 있었기 때문에 대부분의
궁녀들은 신분 상승과는 상관없이 궐에서 평생을 바쳐 열심히 일해야 했다. 누군가는 하루아침에 승은을 입어
후궁이 되고 또 권력을 갖게 되었을 때 그렇지 못한 궁녀들은 그 삶이 더욱 고단하게 느껴졌을 것이다. 높은
자리에 오르지 못해 더욱 고단함이 느껴졌을 어느 궁녀의 하루 끝, 그들의 고단함 아래로 조선 궁궐의 찬란한
역사가 피어났음을 말해주는 금화가 빛나고 있다.

금화의 기운

여덟 개의 금화

8

여덟 개의 금화

Eight of Pentacles

여덟 개의 금화

성실한 연습과 노력의 결과물

묵묵히 수를 놓는 인물의 손놀림과 표정이 평화롭다.
찬란하게 빛나는 금화들이 하루아침에 이루어지지는
않았을 것이다. 노력은 거짓말하지 않는다.

색 상징

군청 편안함/ 차분함/ 확실한 **분홍** 따뜻함/ 사랑/ 애정/ 애착
노랑 태양 / 황금빛/ 재능/ 풍요 **빨강** 사랑/ 열정/ 에너지

◆
긍정적

빛나는 결과

목표를 위한 열정과 집중력이 최고조에 달해 훌륭한 결과물을
만들어낸다. 노력을 통해 탁월한 감각을 키우며 성실함을
인정받고 좋은 평가를 얻어 뿌듯함을 느낀다.

목표를 향해 꾸준히 실력을 기르다/ 발전을 위한 좋은 계기를 만들다
꾸준한 연습으로 한계를 넘다/ 반복적인 훈련을 게을리하지 말 것

자꾸만 끼어드는 무언가로 인해 집중에 방해를 받아 정신이
분산되고 있다. 집중이 어렵다 보니 결과물의 완성 또한 아쉽다.
몰입이 필요할 땐 불필요한 요소들을 철저히 배제할 필요가 있다.

◆
부정적

전문성 부족

열심히 하던 상황에 찾아온 슬럼프, 정체기/ 기한에 쫓겨 집중하지 못하다
접근 방식이 잘못돼 효율적이지 못하다/ 불필요한 집요함

여유로운 표정

평온함/ 즐거움
여유/ 실력
집중력이 높은

능숙한 손

좋은 결과
인정/ 자신감
확실한 기술

**만개한 모란과
나비**

수준 높은 실력
주위의 인정
인기

작가 노트

장인의 손길로 수놓아지는 아름다운 작품들

조선 여인들의 삯바느질 이야기

조선시대는 유교의 관습에 따라 여성의 사회 진출이 쉽지 않았다. 그렇다고
가족을 먹여 살리는 일에 손을 놓을 수는 없는 법이었다. 삯바느질은 주로
여성의 몫이었는데, 전문적으로 바느질 일을 하는 사람을 침모라 불렀고
실력이 좋아 장인의 수준에 오르면 침선장이 되었다. 전통 조각보와 자수를
보면 그 꼼꼼함과 아름다움에 절로 감탄하게 된다. 늦은 밤까지 쉬지 못하고
등잔 아래 앉아 한 땀 한 땀 집중해서 정성으로 만들어낸 여인들의 솜씨에는
가족의 생계를 유지하고 자식을 훌륭히 키우던 어머니의 정성과 사랑이
고스란히 담겨 있어 더욱 귀하고 아름답다.

아홉 개의 금화

Nine of Pentacles
아홉 개의 금화

부족함 없는 권세와 풍요를 누리다

열매와 금화가 가득한 정원에서 지체 높은 인물이
사냥매를 길들이고 있다. 여유로운 표정에 부족함이 없고
도도한 지성과 매력이 느껴진다.

색 상징

밝은 하늘색 자유/ 청량함/ 여유
하양 순수함/ 진실함/ 만족감

노랑 태양/ 황금빛/ 광명/ 가치
보라 매혹/ 고귀한/ 젊음

정방향	Keyword	역방향
확실한 발전		이익의 독점
신분 상승	**여유**	폐쇄적 상황
호감도 상승		권력 다툼

◆
긍정적

자기 만족

노력의 결실인 포도와 금화가 가득하다. 그 풍족한 조건을 아낌없이 누리고 있다. 부족함이 없기에 외로움도 크지 않다. 인생을 스스로 만족하며 여유를 즐길 시기가 다가오고 있다.

좋은 운이 다가온다/ 독립심이 생긴다/ 마음의 여유에서 우러나는 자상함
월등한 위치에 오른다/ 타인의 호감을 얻는다/ 말과 행동을 격에 맞게 할 것

성공을 위해 수단과 방법을 가리지 않으려 든다. 눈앞에 아른거리는 빛깔 좋은 결과물들에 정작 중요한 본질을 파악하지 못하고 있다. 솔직하지 못하면 결국 잃게 된다. 늦기 전에 자신을 돌아볼 것.

수단 방법을 가리지 않는다/ 혼자서 모든 것을 이루려고 한다/ 허세를 부리고 있다
자신의 행동으로 고립되는 상황이 생긴다/ 지금 자신의 모습을 인정할 것

◆
부정적

지나친 허세

첩지 올린 머리
도도함/ 우아함
높은 신분
권위/ 성공

사냥 매
지혜의 상징
지성/ 용맹
취미

금화와 포도
풍족함/ 성공
금전적 여유
충분한 보상

작가 노트

지체 높은 여인만이 걸칠 수 있는 최고의 장신구, 대삼작 노리개

부귀영화와 장수의 기원을 담은 여인들의 장신구

노리개는 한복 저고리 고름이나 치마허리에 달아 아름답게 장식하는 전통 장신구를 말한다. 그중 삼작노리개는 혼례의 대표적 예물로 대대손손 자손에게 물려주는 귀한 보물이었다. 삼작이란 패물 세 가지가 한 벌씩 매달려 있는 형태의 노리개로 대, 중, 소 삼작으로 나뉘며 단순한 아름다움을 넘어 부귀영화와 장수를 기원하는 의미를 담아 만들었다. 그중 대삼작 노리개는 왕실 여인들이 착용하는 가장 화려한 노리개로 화려하게 장식한 산호 가지, 옥나비 한 쌍, 밀화(호박) 덩어리를 각각 한 줄씩 달고 끝부분을 감아 만드는 낙지발술을 달아 고귀한 신분을 말해주었다.

10

열 개 의 금 화

Ten of Pentacles
열 개 의 금 화

긴 시간을 이어온 소중한 유산

인물의 손에 담긴 선물 꾸러미는 후대에 물려줄 매우 가치 있고 소중한 유산을 의미한다. 긴 시간 이어진 유산을 통해 더 큰 발전을 이루며 행복하게 살 발판을 마련할 기회가 온다.

색 상징

노랑 태양/ 황금빛/ 광명/ 가치
자주 신비로움/ 도도함/ 여유

하양 순수함/ 진실함/ 만족감
주황 활력/ 만족/ 온기/ 풍요

◆
긴 시간 쌓인 수많은 지혜와 유산을 이어받아 앞으로 더욱 많은 기회를
얻고 능력을 다진다. 물질적 풍요만큼 정신적 풍요가 함께 있을 때
비로소 안정감 있는 계승이 이어진다.

긍정적

이어지는 행복

이어받은 실력/ 주위의 도움을 받다/ 세대를 이어가는 문화/ 재산의 증식
여유를 느끼다/ 받은 것에 감사할 줄 알며 책임을 다할 것

주변에서 벌어지는 일로 부담을 떠안게 되었거나 다툼에 휘말린다.
스스로 벗어나지 못하고 의존적인 상황이 답답하다.
차근차근 계획을 쌓고 조금씩 스스로 나아갈 방법을 모색하자.

◆

부정적

의존적인 자세

혼자 떠안은 부담감이 크다/ 자산의 관리가 제대로 되지 못하고 있다/ 금전적 불화
불편한 소통/ 지나치게 과거를 중시하고 있다/ 지금 가진 것을 최대한 활용할 것

선물 꾸러미

상속/ 유산
계승/ 번영
물려받음
선물

금화와 포도

풍족함/ 성공
금전적 여유
충분한 보상

별

축복/ 희망
지지 기반

작가 노트

선조들로부터 이어받은 소중한 우리의 문화유산들

물질적인 유산부터 아름다운 춤사위까지

카드의 인물은 춘앵무를 추고 있다. 봄날의 꾀꼬리를 뜻하는 춘앵무는 조선의 효명
세자가 어머니의 40세를 경축하기 위해 만든 춤이다. 효명 세자는 건강이 좋지
않았던 아버지 순조를 대신해 18세의 나이에 대리청정을 하며 남다른 예술 감각으로
조화로운 세상을 이루고자 많은 노력을 했다. 때문에 조선시대 궁중 음악과
무용의 대다수가 효명 세자의 작품으로 탄생했는데 계승을 통해 춘앵무를
비롯한 다양한 작품들이 그 맥을 이어가고 있다. 평창올림픽 폐막식에서
이하늬 씨가 춘 춘앵무를 통해 우리는 자긍심을 느끼고 우리 문화에 대한 사랑을
전 세계에 보여주었다. 선조들의 아름다운 감성과 그것을 이어가고자 하는 많은
이들의 노력으로 지금의 우리가 자부심을 가지고 살아가고 있음을 기억하자.

초심자의 금화

금화의 기운

초심자의 금화

Page of Pentacles
초심자의 금화

새로운 미래를 여는 순수한 열정

두 손으로 받쳐든 금화를 바라보는 인물의 두 눈이
순수하게 반짝인다. 새로운 것에 대한 호기심과
배움의 열망이 가득해 보인다.

색 상징

주황 온기/ 활력/ 적극적/ 유쾌
노랑 태양 / 황금빛/ 광명/ 가치

분홍 따듯함/ 편안함/ 사랑
진한 파랑 신비로움/ 깊은 자아

정방향	Keyword	역방향
성실한 자기 관리 왕성한 호기심 초석 다지기	**성실함**	미숙한 경험 잘못된 접근 흥미 부족

◆
긍정적

순수한 탐구심

원하는 것을 얻기 위해 성실하고 부지런히 움직일 준비가 되어 있다.
서두르지 않고 순수한 마음 그대로 목표를 향해 차근차근 도전한다면
그간 쌓아둔 기량과 능력들이 최고로 빛을 발하는 순간이 멀지 않았다.

하고자 하는 의지가 샘솟는다/ 원하는 진로를 확실하게 찾아 나아간다
전문적인 분야에 좀 더 몰입하고 싶다/ 성실하고 깊게 빠져들고 있다

진정으로 원하는 것이 이것인가, 스스로에게 반문해볼 필요가 있다.
의지와 상관없는 불필요한 과정에 공을 들이고 있다면
더 늦기 전에 열정을 쏟을 바른 목표로의 변경이 절실하다.

경험의 부족을 여실히 느낀다/ 지나치게 진지하기만 할 뿐 실속이 없다
과대평가는 금물/ 정말 좋아하는 것을 찾기 힘들다/ 시간 낭비의 상황을 줄일 것

◆
부정적

목표 변경

빛나는 금화

금전적 기반
소중한 가치
좋은 조건
가능성

참새

기쁨/ 가벼움
마음의 안정
순조로움

무궁화

끈기/ 강인함
노력과 신념

작가 노트

인생의 시작, 진정 원하는 것은 무엇일까?

조급할 것 없이 자신의 능력을 믿을 것

카드의 인물은 젊다. 이제 막 세상으로 나아가기 위한 첫걸음을
준비하고 있을 나이대라 할 수 있다. 아직 좌절을 겪어보지
않았기 때문일까, 세상을 향한 호기심과 설렘이 가득해 보인다.
아직은 원하는 많은 것을 소유하거나 성취하는 단계는 아니지만,
스스로 소중한 존재 가치를 알고 있기에 누구보다 성실하게
노력하며 꾸준히 나아갈 자신이 있다. 그 무궁무진한 가능성이
빛나는 금화로 바뀔 시간이 얼마 남지 않았음을 말해주는 카드.

기사의 금화

금화의 기운

기사의 금화

Knight of Pentacles
기사의 금화

강인하고 인내심 강한 자

굳게 다문 입과 강한 의지가 느껴지는 눈빛에서 인물이 매우
성실하며 신중한 성격임을 알 수 있다. 먼 곳을 지그시
바라보면서 미래의 성공을 담담히 그리고 있다.

색 상징

군청 솔직함/ 차분함/ 확실함
노랑 태양/ 황금빛/ 광명/ 가치

하양 순수함/ 진실함/ 만족감
빨강 사랑/ 따뜻함/ 열정

◆
긍정적

꾸준한 발전

자신의 역할과 책임을 확실히 알고 있으며 성실하게 수행해가는
과정에 있다. 때로는 인내심이 필요한 상황도 생길 수 있지만 꾸준히
최선을 다한다면 그 결과에 스스로 만족스러운 시점이 올 것이다.

착실함이 가장 큰 무기다/ 지속적으로 발전 가능한 안정감/ 인내심과 책임감이 중요
꾸준한 노력으로 얻는 결과/ 자산을 성실하게 불려나가고 있다

반복적인 상황에 좀처럼 다음으로의 발전이 보이지 않아 기운이
많이 빠지지만, 여기까지 온 것도 충분히 잘해온 것이다.
스스로를 위로하고 토닥이며 조금만 더 힘을 내보도록 하자.

◆
부정적

제자리걸음

반복적인 상태에 심신이 지쳐 있다/ 노력은 했지만 변화가 없다/ 지지부진한 상황에
짜증이 난다/ 근본적인 노력이 부족하다/ 조금 더 인내하며 묵묵히 나아갈 것

빛나는 금화

금전적 기반
소중한 가치
좋은 조건
가능성

먼 곳을 응시

건설적인 계획
현실을 직시
자신감/ 책임
많은 생각

사슴

땅의 기운
생명력
뿔: 착실한 성장

작가 노트

장수와 부의 상징, 사슴

가죽부터 뿔, 고기까지 모든 것이 가치 있는 동물이자 신성한 영물

수컷 사슴의 뿔은 해마다 새롭게 자라는 특징이 있어 땅의 기운을
받은 영물이라 했다. 온순하며 장수의 상징으로 여겨 「십장생도」에도
등장한다. 사슴의 뿔은 녹용으로 귀한 약재가 되며 가죽과 고기
또한 임금님의 진상품으로 바쳐질 만큼 귀한 자산이었다. 때문에
부와 성공의 상징이 되기도 하며 많은 설화와 전설에도 등장한다.
또한 신라시대의 금관은 사슴뿔을 형상화하여 만들었고, 백제 때
신록이라는 날개 달린 사슴에 대한 기록이 전해질 만큼 사슴은 길한
상징이자 땅의 기운을 가진 신성한 동물이다.

금화의 기운

여왕의 금화

여왕의 금화

Queen of Pentacles
여왕의 금화

헌신적인 사랑으로 평화를 지키는 힘

인물의 여유로운 표정에서 깊은 사랑과 자애로움이
느껴진다. 풍요로움 안에서 느끼는 안정감은
타인을 위한 온정으로 이어진다.

색 상징

보라 깊은 지식/ 통찰력/ 고귀함　　**분홍** 따뜻함/ 편안함/ 평안/ 사랑
노랑 태양/ 황금빛/ 광명/ 가치　　**적갈색** 굳은 절개/ 안정/ 견실함

<table>
<tr><td>정방향</td><td>Keyword</td><td>역방향</td></tr>
<tr><td>안정된 마음
든든한 버팀목
포용하는 삶</td><td>온화함</td><td>나약한 심리
지나친 응석
과잉 보호</td></tr>
</table>

◆ 긍정적

관용의 마음

온정이 넘치며 여유로운 마음가짐은 주위 사람에게도 편안함으로 전해진다.
소중한 이에게 힘이 되어주고 나 역시 한 걸음 성장해나가는 과정을 통해
더욱 풍요롭고 윤택한 삶으로 이어진다.

풍요와 기쁨에서 나오는 안정감/ 지켜주고 싶은 마음/ 함께하는 성장
편안하고 좋은 환경이 갖춰진다/ 도움을 주는 존재가 되거나 그러한 존재가 다가온다

선의의 마음을 담아 베풀었지만 오히려 지나치게 의존적인
상대방의 반응이 당황스럽다. 응석과 관용을 구분하고 방법을 바꿔
독립적이고 좋은 방향으로 나아가도록 노력하자.

◆ 부정적

의존적인 태도

적당히 하고 말려는 안일한 생각/ 주위를 곤란하게 하는 응석받이 행동/ 신뢰가 가지 않는다
융통성이 전혀 없어 답답하다/ 자꾸만 의지하고 싶고 나약한 마음이 생긴다

평온한 표정

인자함
자애로움
온화함/ 안정

품 안의 금화

부의 소유
관리자의 위치
나눔의 주체

포도 덩굴

풍요/ 여유
좋은 결과

작가 노트

성군의 시대를 함께 이끌어준 강인하고 자애로운 왕비, 소헌왕후 심씨

세종대왕의 곁에서 태평성대를 함께 이끌었던 여인

훈민정음부터 뛰어난 과학기술, 예술에 이르기까지 세종대왕이 이뤄낸 업적은 일일이 나열하지 않아도
모르는 이가 없다. 그런 성군 곁에 최고의 왕비였던 소헌왕후가 있었다. 그녀의 삶이 마냥 순탄한 것은
아니었다. 시아버지였던 태종에 의해 친정아버지 심온이 죽임을 당하고 친정이 쑥대밭이 되어 자신 또한
폐비가 될 위기에 처하기도 했지만, 8남 2녀의 자식들을 자애롭게 길러내며 어질게 내명부를 통솔하여
왕비의 자리를 굳건히 지켜 성군의 길을 도왔다. 그뿐만 아니라 세종 8년 왕이 한양을 비웠을 때 큰
화재가 발생했는데, 소헌왕후는 왕을 대신하여 만삭의 몸으로 화재진압을 진두지휘하며 왕궁과 종묘를
지켜냈다. 세종대왕은 소헌왕후가 먼저 세상을 떠나자 직접 찬불가인 「월인천강지곡」을 지어 아내의
공덕을 빌며 그리워했다. 고통과 시련을 끌어안으며 자식에게는 든든한 버팀목으로, 남편에게는 현명한
동반자로 세상을 이끈 그녀의 강인함과 온화함에 존경하는 마음을 담아 그렸다.

금화의 기운

왕의 금화

왕의 금화

King of Pentacles
왕의 금화

나눌 줄 아는 덕을 가진 너그러운 자

차분하지만 강단 있는 표정으로 정면을 응시하는 인물의
표정에서 위엄이 느껴진다. 풍요로 가득한 삶 속에서 타인과
나눌 줄 아는 인덕을 두루 갖춘 모습이다.

색 상징

보라 깊은 지식/ 통찰력/ 고귀함   **분홍** 따듯함/ 평안함/ 사랑
노랑 태양/ 황금빛/ 광명/ 가치   **검정** 권력/ 위엄/ 중후함/ 포용

<table>
<tr><td>정방향</td><td>Keyword</td><td>역방향</td></tr>
<tr><td>든든한 조력자
훌륭한 실력
풍요와 나눔</td><td>**베풂**</td><td>자본의 부족
융통성 결핍
낭비성 소비</td></tr>
</table>

◆
긍정적

나눔과 공헌

풍요로움 속 자신의 능력을 최대한 발휘하고 있다.
자신의 실력으로 만든 좋은 영향력이 두루 퍼져 주위 모두가 함께
기쁨을 누리며 보다 나은 결과를 만든다.

좋은 성과를 이루는 시기/ 자본이 생긴다/ 도움이 되는 존재/ 신뢰도가 높아진다
가치 있는 일에 도전하라/ 좋은 것은 주변과 함께 나눌 것

하고 있는 일에 충분한 힘이 실리지 않아 답답하다.
부족함을 파악하지 못하고 앞서 나가려만 한다면 세상 물정
모르고 홀로 전전긍긍하는 상황이 될 수도 있다.

◆
부정적

전전긍긍

스스로에 대해 부족함을 느낀다/ 좀처럼 만족스럽지 못한 상황
욕심을 부리다 오히려 가진 것을 잃는다/ 타인의 의견을 귀담아들을 것

빛나는 금화

금전적 기반
소중한 가치
좋은 조건
가능성

정면을 응시

자신감/ 확신
리더십

포도 덩굴

풍요/ 여유
좋은 결과

백성을 사랑하는 마음으로 태평성대를 이룬 성군, 세종대왕

작가 노트

한글을 만든 임금, 한국인이 가장 존경하는 인물이 되다

조선 제4대 국왕인 세종대왕은 한국사를 대표하는 최고의 성군으로 당대 모든 분야를 아울러 발전시키고
지금까지 이어지는 북방의 국경을 확립하는 등 전부 나열하기 어려울 정도로 많은 업적을 남겼다. 세종은
풍족한 왕실의 삶 속에서도 백성을 사랑하는 마음, 애민정신으로 학문 연구기관인 집현전을 세우고
학자들과 함께 자신의 지식과 역량을 총동원하여 한글을 창제하고, 또 평민부터 노비에 이르기까지
부당함이 없도록 인권에도 큰 관심을 가지는 등 사회에 공헌하는 성군의 삶을 살았다. 나라를 부강하게
만든 왕은 많다. 하지만 세종대왕은 진심으로 백성을 사랑하며 베풀었던 왕이었기에 후대에까지 길이
남아 존경받는 성군이 될 수 있었다. 자신의 부와 재능을 타인을 위해 아낌없이 발휘해 태평성대를 이뤘던
세종대왕을 금화의 왕으로 고민 없이 떠올리며 그렸다.

'나라의 말이 중국과 달라 문자와 서로 통하지 아니하므로 이런 까닭으로 어리석은 백성이 이르고자 할 바가
있어도 마침내 제 뜻을 능히 펴지 못하는 사람이 많노라. 내가 이를 위해 가엾게 여겨 새로 스물여덟 글자를
만드노니 사람마다 하여금 쉽게 익혀 날마다 쓰는 것이 편안케 하고자 할 따름이니라.' (세종대왕 언해본 서문)

금화에 새겨진 별자리 보기

금화에 새겨 넣은 길한 별자리

조선의 천문도인「천상열차분야지도」를 보면 옛 선조들이 보았던 하늘을 엿볼
수 있다. 우선 하늘의 구역을 3원과 28수로 나누어 관찰하였는데 3원은 자미원,
천시원, 태미원으로 세 개의 담장에 속하며 임금 별을 보호하는 궁궐의 역할을
한다. 자미원의 가장 중심에 북극이 자리하여 북두와 함께 오행의 운행을
지시한다. 북극 위에 위치한 왕의 별을 호위하는 별들은 각각의 맡은 역할을
수행하는데, 카드의 금화에 새겨 넣은 별자리들은 좋은 역할과 특히 밝게
빛날수록 길한 의미가 있는 별들로 새겨 넣어보았다.

 **북두** 북두성은 음양의 뿌리로 하늘의 한가운데를 운행하여 사방을 제어한다. 별이 밝으면 나라가 번창한다.

 천상 휴식을 취하는 침대의 자리이자 잔치를 벌이며 쉬는 곳. 별자리가 바르고 크면 길하고 경사가 있다.

 **팔곡** 팔곡은 곡식의 작황을 주관하며 별이 밝으면 풍년이 된다.

 **천선** 홍수와 가뭄을 주관하는 아홉 개의 붉은색 별로 은하수 안에서 머무르며 강물을 다스린다. 가운데 있는 네 개의 별이 밝게 빛나면 천하가 평안하다.

천주 진치 음식을 주관하는 임금의 주방이다. 천주가 보이면 매우 길하고 보이지 않으면 기근이 든다.

 부광 부광은 뽕잎을 담는 그릇으로 나타나면 길하다. 별이 잘 보이면 옷감 만드는 일이 잘된다.

 육갑과강 육갑은 음양의 변화를 관찰하여 나랏일의 계획을 세우고 농사하는 시기를 알려준다. 육갑의 별이 밝으면 음과 양이 조화롭다. 강이 밝으면 길하다.

 내계 임금의 별이 머무는 뜰이다. 밝으면 임금이 편하여 태평성대를 이룬다.

 천봉 천봉은 전쟁터에서 군사를 지휘할 때 두드리는 북채다. 비상시에 대비하여 경각심을 일깨워주는 일을 한다.

남극노인성 자미원에 위치하지 않고 가장 남쪽 끝에 자리한 별로, 사람의 수명을 맡아보는 별이라 하여 이 별을 잠깐만 보아도 오래 산다고 믿었다.

검의 기운

냉철하고 강하며 슬기롭고
지혜로운 지성의 기운

건곤감리

하늘과 같이 깊은 마음에서 우러나는 지성의 힘

하늘은 늘 우리의 머리 위에서 모든 것을 내려다보며 삼라만상을 주관하는
높은 존재이다. 하늘의 뜻을 아는 자는 지혜롭고 이성적이며 공정하다.
하늘을 가득 채운 대기는 바람이 되어 자유롭게 이동하며 대지와 소통한다.

인의예지의 자세_지

옳고 그름을 가릴 줄 아는 지성으로 소통하는 자세

지적인 자는 옳고 그름을 정확하게 판단할 줄 알며 부당함으로 치우치는 일이
없다. 감정을 다스릴 줄 알며 고요하고 냉정하다. 대화와 소통을 통해 슬기롭게
목적을 달성하며 결정에 주저함이 없다.

합리적인 결과	단호한 결단력	양면의 칼날	뛰어난 지략	지성과 소통
◆	◆	◆	◆	◆

 백적청 연자
신비함/ 존귀함/ 지성의 색

 **청**
냉정/ 냉철함/ 차가움
드러나지 않는 감정

 흑백 재
피로함으로 인한 휴식과 재충전
망설임/ 고립

 흑
동 트기 전의 암흑/ 고민
무한함/ 깊은 성찰과 깨달음

날카로운 검의 끝은 어디를 향하는가

불의 발견을 시작으로 돌과 금속의 가공을 터득한 인간은 가장 편리한 도구인 검을 만들었다.
무언가를 자를 수 있는 편리한 도구임과 동시에 인간을 위협할 수 있는 가장 위험한 도구를 창조한 것이다.
검을 휘두를 때는 선택의 기로에 놓이기 마련이다. 그대로 놔둘 것인지 아니면 깔끔하게 잘라낼 것인가
하는 문제부터 관계에 있어 상대를 위협할지 회유할지, 즉 칼날을 날카롭게 다룰지 부드럽게 활용할지
결정하는 것은 냉철한 지성의 몫이다. 감정에 휘둘려 함부로 휘둘렀다가는 언젠가 그 칼끝이 나를
향할 수도 있음을 잊지 말자.

검의 기운

첫 번째 검

첫 번 째 검

Ace of Swords

첫 번째 검

굳센 정신력으로 개척하는 자신의 미래

검을 자유자재로 다루는 것은 하루아침에 이루어지지
않는다. 손에 검을 쥐려 한다면 그 날카로움과 무게를
감당할 용기와 강인한 의지가 필요하다.

색 상징

하늘 희망/ 무한함/ 밝은 미래
연보라 선택/ 열정과 냉정/ 중립

하양 무결함/ 청렴/ 믿음/ 순수
자주 신비로움/ 도도함/ 고귀함

정방향	Keyword	역방향
확고한 결정		무리한 행동
명확한 생각	**결단**	강요된 노력
강인한 의지		감정적 폭주

◆
긍정적

개척의 시작

날렵하게 칼자루를 쥐었다. 두려움 없이 나아가기에 부족함이 없다.
확고한 판단 아래 새로운 도전에 적극적으로 달려든다.
쉽지 않은 과정과 두려움이 따르고 있지만 마음은 이미 정해졌다.

권력이 손에 들어온다/ 흔들림 없이 한결같다/ 어느 쪽으로든 감정이 확실하다
새로운 계획이 선다/ 눈앞의 상황을 개척할 필요가 있다

결단 없이 섣불리 움직이는 행동은 지금까지의 노력을 헛되게 만든다.
검을 쥔 손이 타협을 찾지 못하고 폭력적인 행동으로 감당하지 못할
상황을 만든다면 스스로를 망치는 지름길이 될 수 있다.

◆
부정적

자승자박*

허전한 마음으로 불안한 상황이 생긴다/ 목표를 부당한 방법으로 취하려 한다
재능이나 능력을 제대로 발휘하지 못한다/ 이익보다는 온전히 결과에 집중하라

* 자승자박自繩自縛: 자기가 한 말과 행동에 자신이 구속되어 어려움을 겪는 것을 말한다

나비

자유자재의
움직임
모험/ 연약함
역경을 이기다

빛나는 칼날

영광/ 승리
영향력의 발휘
이성/ 주목

작가 노트

호랑이의 용맹을 간직한 영험한 검, 사인검

호랑이의 기운이 네 번 겹치는 날, 혼을 불어넣어 만든 조선의 검

환도, 장도 등 매력적인 전통 검은 많지만 조선의 사인검이 주는 의미와 독보적인 형태는
단연 최고라 해도 과언이 아닐 것이다. 사인검은 호랑이(인)의 시, 날, 달, 해에 날을 맞춰
그 기운을 받아 제작하는 진귀한 검이다. 이 검에는 용맹한 호랑이의 기운을 받아 왕실의
평안과 악한 것을 베어내는 주술적인 의미가 담겨 있다. 검신의 한쪽 면에는 28수의
별자리를 새겨 넣어 온 우주의 기운을 담았다. 검 하나에 혼을 담아 평화와 안녕을
기원했던 선조들의 그 마음 그대로 지금을 사는 우리의 마음에도 평화가 깃들기
기원하며 사인검을 그렸다.

검의 기운

두 개 의 검

두 개 의 검

Two of Swords
두 개 의 검

선택의 기로에 선 채 망설이다

두 개의 칼을 든 인물이 스스로 판단하기 어려운 문제에 놓인 듯 미동도 하지 않은 채 깊은 고민에 빠져 있다. 균형 있게 들고 있는 칼은 일시적일 뿐 지금의 상태를 계속 유지하는 것은 무리다.

색 상징

청회색 고민/ 모호함/ 흐릿함
노랑 야망/ 가치/ 승리

보라 중립/ 매혹/ 통찰력
빨강 열정/ 에너지/ 강렬함

◆
긍정적

결단의 시점

이 상황은 구속 없이 스스로가 만든 상황이다. 결단의 시점에
확신만 있다면 언제든지 눈가리개를 벗고 스스로의 선택을 밀고
나아갈 수 있다. 다만 신중하게 기회를 보고 있을 뿐이다.

불편한 상황이지만 마음은 어느 정도 평정심을 찾고 있다/ 태세 전환
선택의 시점에 신중하게 다가간다/ 나의 시점보다 타인의 관점에서 생각해볼 것

망설이고 있는 속마음이 스스로를 구속하고 있다.
냉정하게 사태를 파악하고 감정보다는 이성적인 판단으로
빠르고 적절한 대처를 준비할 수 있는 혜안이 필요한 시점이다.

◆
부정적

지지부진

외면하고 있는 바깥 상황/ 좁아지는 시야로 고립되는 상태/ 좀처럼 끝나지 않는 문제들
어떤 상황을 신뢰해야 할지 판단이 어렵다/ 현실을 직시할 것

달빛
내면의 갈등
심리적인 고민

가려진 눈
알 수 없는 본심
냉정한 마음
외면하고 싶은
현실

해당화
원망/ 온화
미인의 잠결
나를 건드리지
마세요

작가 노트

날카로운 듯 부드러운 듯 양면이 공존하는 춤

부드럽고 아름다울 것인가, 날카롭고 잔인할 것인가, 쉽지 않은 선택에 직면하다

검무는 삼국시대부터 조선시대를 거쳐 현재에 이르기까지 역사가 깊은 한국의 전통 춤이다.
뛰어난 예술성을 인정받아 각 지역의 색을 담은 다양한 검무들이 이어져왔다. 날카로운
칼을 들고 아름답게 움직이는 몸짓은 시선을 끌기에 충분하다. 그 유래가 무척 재미있는데,
여러 설 중에 검무를 잘 추는 신라 사람 황창랑이 백제의 왕 앞에서 검무를 추다가 왕을 찔러
죽였다는 이야기가 있다. 황창랑은 백제 사람들에게 죽임을 당했지만 이를 불쌍하게 여긴
신라 사람들이 그의 형상을 본뜬 가면을 쓰고 칼춤을 추게 되었다고 한다. 아름다운 몸짓과
날카로운 칼날로 어떤 행동을 선택할지, 풍악이 끝나기 전에 결정을 해야 한다. 망설임의 시간은 길지
않다. 카드의 그림은 칼춤을 시작하기 전, 신중하게 행동을 선택하기 직전의 느낌을 떠올려 그려보았다.

---

* 검무복은 본래 군관의 전립과 달리 뾰족한 형태의 전립을 쓰며 검의 형태는 검무에 맞는 다양한 형태가 존재한다.
카드의 그림에서는 전립 형태에 약간의 변형을 주었으며 카드의 통일감을 위해 사인검을 그려 넣었다.

세 개의 검

검의 기운

세 개 의 검

3

세 개 의 검

Three of Swords
세 개의 검

마음 깊은 곳 상처받은 고통과 슬픔을 마주하다

마음을 상징하는 붉은 자개함에 세 개의 검이 꽂혀 있다.
아픔의 상처로 내리는 비가 차갑게 느껴지지만
때로는 고통스러워도 겪어야 하는 과정이 있는 법이다.

색 상징

회색 답답함/ 슬픔/ 어두움
갈색 힘/ 날렵함/ 용맹/ 땅

연보라 선택/ 열정과 냉정/ 중립
빨강 사랑/ 심장/ 마음/ 열기

◆
긍정적

고통과 성장

뜻대로 되지 않는 상황, 누군가의 말과 행동 또는 주변의 기대에 어긋나는 상황들에 마음의 상처가 크다. 고통은 크지만 한걸음 물러나 스스로 마음을 다스릴 수 있다면 한결 성숙해진 내일을 맞을 것이다.

외면해왔던 문제와 직면하게 되었다/ 피할 수 없는 아픔/ 실연의 상처
울고 싶다면 시원하게 울어버려라/ 성장하는 시기로 받아들일 것

스스로가 마음의 문을 닫고 자신을 거칠게 몰아붙이고 있다.
현실에 대한 자책과 강한 거부감이 눈앞의 상황을 더욱 고통스럽게
하고 있다. 고립으로 커진 외로움은 더 깊은 상처를 줄 뿐이다.

◆
부정적

외로운 고립

고통스러운 마음에 이성을 잃다/ 지독한 고립과 외로움을 느낀다
부정적인 생각이 커지려고 한다/ 마음이 힘들지만 스스로를 위로할 줄 알아야 한다

삼두일족응

액운을 막다
마음을 지키다
지켜주는 존재

붉은 칠기함

나의 마음
심장/ 보석함
내면의 진심

먹구름과 비

드리우는 어둠
아픔/ 실연
상처와 눈물
씻기다

작가 노트

삼재를 쪼아먹는 상상의 동물, 삼두일족응

다가올 악운과 슬픔에서 나를 지켜줄 강력한 존재를 곁에 두다

삼두일족응은 삼두매라고도 불리는, 머리가 세 개고 발이 하나인 매를 말한다. 예로부터 선조들은 3이라는 숫자를 길하게 여겨 세 발 달린 까마귀인 삼족오와 함께 삼두매를 좋아했다. 특히 삼두매는 날카로운 부리로 인생에 주기적으로 들어오는 좋지 않은 시기인 삼재를 쪼아낸다 하여 액막이 부적으로 많이 그렸다. 붉은 상자에 비유한 마음속의 상처와 슬픔이 더는 길지 않도록 삼두일족응이 그 앞을 용맹하게 지키고 서 있는 모습으로 그렸다. 더 이상의 아픔과 상처는 삼두일족응이 곁에서 모두 쪼아 없애버리고 마음의 평안과 기쁨을 가득 얻기 바란다.

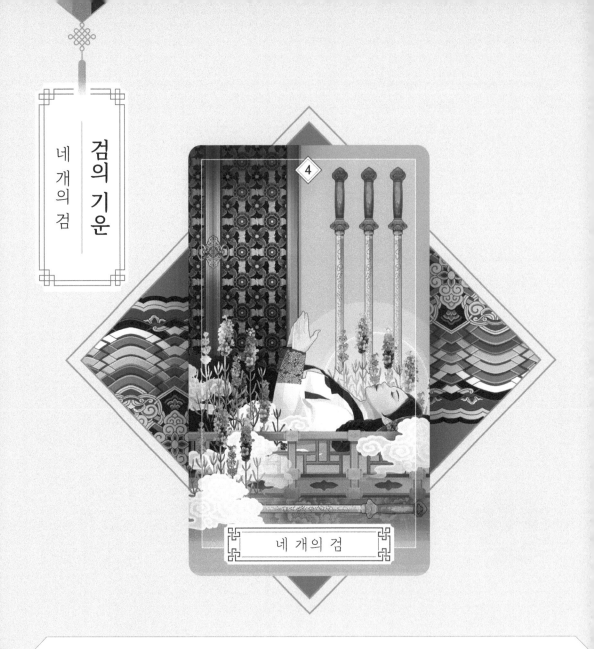

검의 기운

네 개의 검

4

네 개의 검

Four of Swords
네 개의 검

고된 시간 뒤 찾아온 마음의 휴식

날카로운 칼날들은 벽에 걸어두고 두 손을 합장한 채 편안히
눈을 감고 온전히 치유에만 집중하고 있는 모습이다.
휴식을 통해 정신을 맑게 하고 다시금 움직일 힘을 얻는다.

색 상징

회색 답답함/ 슬픔/ 어두움
연보라 선택/ 열정과 냉정/ 휴식

하양 순수함/ 진실함/ 만족감
검정 고요함/ 포용/ 깊은 생각

정방향		역방향
피로의 회복	**휴식**	휴식의 완료
혼자만의 시간		재시동
충분한 안정		각성의 시간

◆
긍정적

심신의 회복

고된 시간을 지나 방해받지 않는 휴식이 필요하다.
빠르고 정신없이 지나가던 일들의 속도가 점차 줄어든다.
곰곰이 생각하면서 다음의 행보를 그려보는 시간을 갖는다.

혼자만의 시간을 갖게 된다/ 기력의 저하/ 느려지는 속도/ 잠시 멈춤
바쁘더라도 여유를 찾아 잠시 돌아보는 시간을 가질 것

휴식이 절실하다. 쉬고 싶은 마음이 간절하지만 아직은 해야 할 일이
남아 있다. 또는 이미 어느 정도 휴식의 시간을 가졌다면 이제는
휴식을 끝내야 할 시점을 말해주는 카드이기도 하다.

◆
부정적

간절한 휴식

계속해서 일들이 빠르게 돌아간다/ 바쁜 일상으로 스스로를 살필 여력이 없다
휴식도 좋지만 스스로를 나태하게 만들지 않도록 할 것

벽에 걸린 검

고민거리
결정하지 못함
많은 생각
부담/ 경험

합장한 손

생각/ 명상
돌이켜 보다
반성

라벤더

휴식/ 평안
깊은 수면
침묵/ 대답

작가 노트

바쁜 현대인에게 가장 필요한 삶의 여유와 휴식

바쁘게 가던 길을 멈추고 잠시 자신을 돌아보는 시간을 권하는 카드

매일 반복되는 일상, 돌아볼 겨를도 없이 하루를 사는 이에게 마음의 여유를 권하는
카드다. 날카롭고 예리하게 나의 마음을 파고드는 걱정과 고민은 벽에 잠시 걸어두고,
잠시나마 라벤더의 달콤한 향기를 맡으며 머리 식히는 시간을 가질 것, 그리고 자신을
돌아볼 것을 권해본다. 명심할 것은, 이는 일시적인 휴식이며 회복의
시간일 뿐 그 안에 안주하여 나태해진다면 머리 위의 칼들은 더 이상
기다려주지 않는다는 것이다. 때문에 언제든지 회복이 되면 다시 앞으로 나아갈 수
있도록 한 자루의 칼은 벽에 걸지 않고 곁에 두었다는 점을 기억한다.

다섯 개의 검 | 검의 기운

다섯 개의 검

Five of Swords
다섯 개의 검

수단 방법을 가리지 않고 빼앗고 싶은 욕망

칼이 꽂힌 저주 인형을 보면 인형의 주인들은 영문도 모른 채
패배했을 가능성이 높다. 비열한 방법임을 알면서도
칼을 품에 안고 웃는 인물의 미소가 악랄하다.

색 상징

하늘 높은 이상/ 진취적/ 창조 **하양** 결벽/ 신념/ 무의미
연보라 선택/ 냉정/ 고민/ 변화 **빨강** 욕망/ 야망/ 열정/ 본능

정방향	Keyword	역방향
나쁜 욕망		비참한 패배
목적 달성	다툼	힘의 불균형
덧없는 소유		강탈당하다

◆ 긍정적

악착스러움

지금 원하는 것을 얻기 위해서는 어떠한 방법도 마다하지 않을 기세다.
악착같은 전의는 좋지만 후회하기 전에 타인과의 소통을 통해
합리적인 방향으로 서로 도움이 되는 방식을 고민하도록 하자.

다툼을 벌인다/ 목적을 이루고 싶은 마음이 간절하다/ 욕망에 사로잡힌다
이기적인 행동인 것을 알고 있다/ 때로는 악착같은 마음도 필요할 때가 있다

公평하지 못한 출발선에서 다툼을 시작했기 때문에 상당한
불이익을 받고 있다. 나의 이익을 빼앗기거나 억울한 일을 겪을
수도 있으니 정신을 바짝 차리고 상황을 빠르게 벗어나도록 하자.

불공정한 상황임을 느끼고 있다/ 패배감이 감돈다/ 실적을 빼앗긴다/ 배신감이 든다
의도와는 달리 단념해버리는 일/ 지금은 공격보다는 방어에 집중할 것

◆ 부정적

불이익

저주 인형
부당함/ 다툼
패배/ 배신
이기적 욕망
공격적 행동

흘러가는 구름
덧없는 승리
무의미한 행동

수국
하양: 변덕
파랑: 냉정
냉담/ 거만
보라: 진심

실록과 야사로 전해 내려오는 저주와 암투 　　　　**작가 노트**

수단 방법을 가리지 않았던 이기심에서 시작된 파멸의 이야기들

〈조선왕조실록〉과 그 외 야사들에 전해 내려오는 역사를 훑어보면 원하는 것을 얻기 위해 수단 방법을
가리지 않고 사악한 저주까지 동원하여 빼앗으려 했던 욕망의 이야기들이 많이 기록되어 있다. 세종의
며느리였던 휘빈 김씨는 세자의 마음을 얻고자 세자가 총애하던 후궁의 신발을 훔쳐 가루를 내어 세자를
먹이려 하는 등 비방을 쓰려다 적발돼 폐빈으로 강등되고 아버지와 오빠는 관직에서 쫓겨나 말 그대로
집안이 풍비박산이 났다. 또 그 유명한 장희빈도 권력을 얻기 위해 인현왕후의 죽음을 빌며 온갖 저주
행각을 벌인 일이 밝혀져 사약을 받고 죽는다. 연산군의 어머니였던 폐비 윤씨도 온갖 주술을 써놓은
부적과 독을 묻힌 곶감을 갖고 있다가 발각되어 왕의 신임을 잃고 훗날 비참한 죽음을 맞이했다. 이처럼
수단과 방법을 가리지 않고 원하는 것에 손을 뻗었던 이들의 결말은 하나같이 비참했음을 기억하며
순간의 욕망으로 상대방을 겨눴던 날카로운 칼날은 결국 나를 향하게 된다는 점을 잊지 말자.

검의 기운

여섯 개의 검

6

여섯 개의 검

Three of Swords
여섯 개의 검

거센 물살과 날카로운 칼날을 뛰어넘다

물살을 헤엄쳐 오르는 잉어의 몸짓이 힘차다.
조금만 더 나아간다면 이 열악한 상황을 지나
잔잔하고 더 넓은 물에 당도할 날이 멀지 않았다.

색 상징

파랑 파도/ 풍랑/ 시련/ 차가움   **하양** 낙관적/ 믿음/ 신념
초록 안정/ 안전/ 희망   **다홍** 활력/ 열정/ 생명력/ 기운

<table>
<tr><td>정방향</td><td>Keyword</td><td>역방향</td></tr>
</table>

정방향	Keyword	역방향
벗어나다 상황의 회복 이사와 여행	**이동**	현실도피 발목을 잡히다 곤경에 처하다

◆ 긍정적

새로운 돌파구

지금 벌어진 힘든 상황을 벗어나기 위해 움직임에 힘을 실을 필요가 있다.
조금 힘겹게 느꼈던 상황도 서서히 끝이 보인다. 더 나은 상황과 좋은
조건이 기다리고 있다. 조금만 더 힘을 내자.

고민이 사라진다/ 지금 상황은 피하는 것이 낫다/ 새롭고 더 나은 곳으로의 이동
희망이 보이기 시작한다/ 이사, 또는 여행지에서의 사건이나 인연

벗어나고 싶은 마음이 굴뚝같지만 좀처럼 이동이 쉽지 않아 답답하다.
발버둥을 쳐도 물살은 변함이 없다. 포기하고 싶은 심정이 간절하지만
스스로 각오를 다지며 다시 한번 힘을 내도록 하자.

◆ 부정적

자포자기

곤경에 처하다/ 도망칠 수 없는 상황/ 계속해서 흔들리는 상황/ 좋지 못한 환경
잘하려고 할수록 상처받는 마음/ 어차피 피할 수 없다면 도망치지 말 것

거센 물살

곤경에 처함
혼란스러움
방해 요소

칼날들

두려움/ 불편
어색한 관계
고통/ 아픔

연꽃

깨끗한 마음
고생 뒤의 낙
신성함
우아함

작가 노트

더 나은 삶을 향한 힘찬 몸짓

이겨내고 넘어야 할 험난한 여정을 응원하며

거센 물살을 이겨내며 칼날 사이를 빠져나가는 이 카드의 가장 큰 의미는
이동이다. 그것이 험난한 여정이 되더라도 지나야 하는 과정이자 더 나은
목적으로의 이동을 말하며 카드의 핵심은 결과가 아닌 과정을 보여준다는
점이다. 거리의 이동뿐 아니라 추상적인 과정들, 예를 들면 자기개발, 승진,
실력 향상과 같은 일들도 포함할 수 있다. 그림의 잉어들은 힘차게 나아가고
있다. 그것은 지금의 상황을 스스로 분명히 해낼 수 있음을 의미한다. 비록
날카로운 칼날들에 두려움이 일고 출렁이는 물결이 험해 보여도 반드시
이겨내고 앞으로 나아갈 수 있다는 희망과 응원을 함께 보내본다.

검의 기운

일곱 개의 검

7

일곱 개의 검

Seven of Swords
일곱 개의 검

과감하지만 경솔하고 위험한 행동

도망치듯 뒤돌아보며 나오는 와중에도 남겨진 두 개의 검을
아쉬운 듯 바라보고 있다. 가져가고 있는 검이 이득일지 오히려
큰 손실이나 피해가 될지는 아직 모르는 일이다.

색 상징

연노랑 변덕/ 질투/ 가벼움
노랑 방랑/ 야망/ 승리/ 수확

하양 결벽/ 신념/ 무의미
빨강 욕망/ 야망/ 열정/ 본능

정방향	계략	역방향
불법적 행동 도난 사고 비밀 누설		미리 알아챔 높은 경계심 대책을 세우다

◆
긍정적

위험의 감지

누군가 나에게 악의적으로 피해를 입힐 수 있는 상황을 감지한다.
상황이 심상치 않게 흘러가고 있음을 느꼈다면 미리 대책을 세워
위험에 빠지지 않도록 준비하는 태세를 갖추도록 한다.

위기를 가까스로 피하다/ 경계심을 높이는 상황/ 수상한 행동을 감지하다
주변 상황을 너무 믿지 말 것/ 신중하게 행동하자

목적 달성을 위해 위험을 무릅쓰고 과감하지만 경솔한 행동을
실행에 옮기고 있다. 잠시나마 이득을 얻을 수 있을지도 모르지만
자칫하면 부도덕한 행동으로 득보다 실이 많을 수 있는 상황이다.

◆
부정적

부도덕적 행동

소중한 것을 빼앗긴다/ 잘못된 행동으로 해결하려 한다/ 사기를 조심할 것
잘못은 빠르게 인정하자/ 부정한 행동은 어떤 식으로든 합리화하지 말 것

가면을 쓴 얼굴

배신자/ 사기
비열함/ 악의
부도덕함
거짓말

아네모네

배신/ 괴로움
속절없는 사랑
기다림

칼날을 든 손

위험성/ 상처
불안정함
욕심

작가 노트

세상을 속인 희대의 사기꾼 이야기

봉이 김선달

큰 사기 사건이 벌어질 때면 으레 현대판 봉이 김선달에 비유할 정도로 조선 말기
회대의 사기꾼 김선달의 여러 일화는 무척 유명하다. 못된 닭장수가 자신의 닭을
전설의 봉황이라 속이자 그에 속는 척하며 비싼 값에 사와 마을 원님께 봉황이라
바치고, 화가 난 원님이 곤장을 치려 하자 닭장수의 악행을 소상히 밝혀 오히려
닭 값을 돌려받았다는 이야기는 '봉이 김선달'의 진면목을 보여준다. 또 대동강 물을
자신의 것이라 주장하며 바람잡이를 풀어 물을 사는 척하도록 시켜 그 모습을 본 악질
상인들에게 수천 냥을 받고 주인도 없는 강물을 팔아넘긴 이야기는 사기극의
백미로 꼽는다. 물론 이야기의 결말들은 악행을 일삼던 자들을 곤경에 처하게 하는
권선징악의 의미가 담겨 있지만, 그 역시 사기꾼이고 부도덕한 행동으로 이익을
취했다는 주제는 변함이 없다. 카드의 인물 또한 순간의 행운이 자신을 향한 듯 웃고
있지만 그 비열한 미소 속 부도덕하고 교활한 모습은 비난의 화살을 피할 수 없다.

검의 기운
여덟 개의 검

8

여덟 개의 검

Eight of Swords
여덟 개의 검

스스로의 생각 속에 갇힌 속박의 시간

차가운 고독을 참고 견뎌내며 하염없이 보이지 않는
앞만 응시한 채 도움을 기다린들, 스스로의 생각에서
벗어나지 못한다면 변화는 없다.

색 상징

청회색 고민/ 모호함/ 흐릿함
검정 고요함/ 내적 갈등/ 생각

하양 결벽/ 신념/ 무의미
빨강 강렬한 충격/ 에너지/ 본능

정방향	Keyword	역방향
무기력한 마음 고독함 심적 괴로움	**속박**	고집을 부리다 얽매인 생각 이기심

◆
긍정적

인내의 시간

스스로 난관을 헤쳐나가기보다 여태껏 누군가의 도움만을
애타게 기다려왔지만, 이제는 스스로 인내하며 상황을 벗어날
방법을 찾아 행동에 옮겨야 할 시점이 다가오고 있다.

수동적인 해결책/ 무기력한 상황에 지친다/ 참고 인내해야 하는 상황을 겪는다
스스로 움직이는 것이 해결의 방법이다/ 문제의 해결을 더 이상 남에게 기대하지 말 것

스스로에게 일어난 일을 받아들이기 힘들다. 점점 고립되는 상황에
현실을 직시하기보다 피해 의식이 늘고 있다. 남 탓은 도움이 되지 않는다.
눈을 뜨고 자신의 잘못을 인정하는 것이 해결의 시작이다.

의도와는 다르게 자꾸만 고립감을 느낀다/ 현실과 괴리감이 있다
생각에 갇혀 시간만 가고 있다/ 상황을 만든 주체가 스스로임을 받아들여라

◆
부정적

피해 의식

눈을 가린 얼굴

현실 외면
고독함/ 무력감
책임 회피

주위를 감싼 검

속박/ 고립
고통/ 주위 상황
상처

홍매화

인내/ 고결함

작가 노트

중요한 것은 나의 의지다

가슴에 품은 은장도를 꺼내야 할 시간

은장도는 고려시대부터 남녀가 호신용으로 평복에 차는 노리개의 일종인데
은으로 만든 작은 검으로 그 형태가 장신구답게 매우 아름다운 것이 많다.
당장 앞이 보이지 않고 고립된 마음에 한없이 답답한 심정이지만, 구속은
허울일 뿐 의지만 있으면 움직이는 것은 어렵지 않다. 가슴에 품은 은장도를
꺼내어 밧줄을 끊고 눈을 풀면 스스로 고립을 벗어나기는 어려워
보이지 않는다. 하염없이 보이지 않는 앞만 바라보는 것으로 지금의
답답한 상황을 해결해주지 않는다. 이제는 관점을 달리하고 직접 행동으로
옮겨야 할 때임을 말해주는 카드다.

아홉 개의 검

Nine of Swords

아홉 개의 검

감당하고 싶지 않은 두려움과 슬픔

불안과 절망감에 잠을 이루지 못하는 듯, 비통하게 얼굴을
감싸 쥔 인물의 모습 속에서 깊은 후회가 느껴진다.
하지만 이미 일어난 일, 내 안에서 다스릴 힘을 키우도록 하자.

색 상징

회색 답답함/ 슬픔/ 어둠
검정 무게감/ 암흑/ 고통/ 부담감

하양 자포자기/ 항복/ 무의미
군청 깊은 내면/ 빠져드는 우울

정방향	Keyword	역방향
불면증 신경쇠약 현실 외면	**불안**	겪어야 할 일 자책과 반성 깊은 후회

◆

긍정적

각성의 시간

두려움과 걱정에 사로잡혀 있지만 온전히 겪어야 할 일이라면
두려워하는 것은 아무 의미가 없다. 지나고 나면 별거 아닌 일일
수도 있다. 중요한 것은 지금 정신을 바짝 차려야 한다는 것이다.

평범함 속에서 소중함을 깨닫는다/ 당연하게 여겼던 일들을 돌아본다
기대고 싶은 존재를 찾는다/ 후회 속에서 문제의 원인을 찾는다/ 동정심이 생긴다

깊은 후회 속 절망감에 빠져 현실을 외면하고 있다. 머릿속은
복잡하고 좀처럼 좋은 생각이 떠오르지 않아 더욱 답답하다.
절망감이 키운 망상들에 사로잡혀 좀처럼 해결책이 보이지 않는다.

피해망상이 극에 달한다/ 억누르고 있는 슬픔이 한계에 달한다
타인을 원망한다/ 괴롭힘을 겪는다/ 고민에 잠을 이룰 수 없다

◆

부정적

현실 부정

얼굴을 가린 손

피해망상
부정적 생각
원한/ 이별

꺼져버린 등잔

불투명한 미래
외로움/ 고독
어둠과 슬픔

시들어버린 꽃

절망/ 죽음
아픔/ 고통

작가 노트

이미 일어난 일, 후회는 후회일 뿐

울고 싶을 때에는 실컷 울고 빨리 일어나자

벽에 걸린 아홉 개의 검이 후회로 가득한 업보처럼 마치 인물의 마음을 관통하는 듯하다.
곁을 지키던 작은 등잔조차 차갑게 식어버린 어두운 방에서 두 손으로 얼굴을 감싼 채 서러움에
목 놓아 울고 있을 것만 같은 인물의 모습은 무척 침울하고 우울해 보인다. 하지만 울고 싶을 때에는
실컷 울어버리는 것도 좋다. 지금의 현실을 온몸으로 받아들이고 후회는 후회일 뿐 다시 돌아오지 않는
현실에 더 이상 기댈 필요는 없다. 서러움도 고통도 어떠한 방식으로든 다 쏟아내고 나면 한결 가벼워진
스스로를 바라보게 될 것이다.

열 개의 검

검의 기운

열 개의 검

10

열 개의 검

Ten of Swords
열 개의 검

모든 것을 내려두고 떠나다

날카로운 검 아래 소유했던 모든 것을 남겨둔 채 홀연히
어디론가 떠나고 없는 인물은 과연 어떠한 결심을 한 것일까.
그저 저 멀리 보이는 태양만이 새로운 내일을 향해 가고 있다.

색 상징

노랑 변덕/ 방랑/ 희망/ 광명
군청 솔직함/ 차분함/ 확실함

연노랑 다가오는 아침/ 미래
검정 무게감/ 부담감/ 고요함

정방향

Keyword

역방향

받아들이다
인생의 기로
상황의 변화

종결

임시방편
편협한 마음
허세와 자존심

◆

긍정적

다음 단계

고통의 상황을 겪어내고 인내하며 불필요한 마음의 짐과 욕심을
내려놓는 단계에 이르러 자신의 부족함까지도 받아들이고 한결
가벼워진 마음으로 새로운 출발의 시작점 앞에 서 있다.

선택의 기로에 서 있다/ 마음의 무게를 덜어낸다/ 모든 과오를 인정하게 된다
고통의 원인이 더 이상 그렇게 느껴지지 않는다/ 내려놓으면 더 나빠질 일도 없다

아쉬움 가득한 미련으로 마음의 짐을 쉽게 내려놓지 못해 고통스럽다.
인정해야 하는 사실 앞에서도 자기 연민에 빠져 합리화만 하고 있을 뿐,
근본적인 문제를 해결하지 못한 임시방편은 반드시 한계가 있다.

◆

부정적

자기 연민

허세를 버리지 못하다/ 자신의 잘못을 합리화로 포장해버리려 한다
사소한 일도 쉽게 넘기지 못하고 전전긍긍한다/ 잘못을 인정하려 들지 않는다

민들레 홀씨

가벼워진 마음
자유로운 생각
이동/ 초월

민들레와 칼날

민들레 꽃:
강한 생명력
감사하는 마음
칼날: 끝/ 종결

**멀리 보이는
태양**

새로운 시작
순환/ 윤회

욕망을 내려놓는 일

작가 노트

망설임과 나약함까지도 모두 내려놓으면 보이는 새로운 미래

현대인의 욕망은 사소한 물질부터 타인의 마음까지 바라는 것이 가득하다. 이것이 행복의 척도가 될
때도 있지만 이로 인해 고통받고 아픔이 지속되기도 한다. 조선 후기의 방랑 시인 김삿갓은 꿈에 그리던
장원급제를 했지만 뒤늦게 급제를 위해 자신이 신랄하게 비판했던 인물이 곧 자신의 조부임을 알고
부끄러움과 절망에 빠졌다. 죄책감에 고통스러워하던 그는 부끄러운 마음에 큰 삿갓으로 얼굴을 가리고
그토록 바라왔던 부귀영화의 삶을 내려두고 전국을 유랑하며 시를 쓰고 다니는 삶을 택했다. 소신대로
살며 자유로운 마음이 된 그는 백성의 마음을 헤아리는 여러 편의 훌륭한 시를 지어 후대에 길이 남게
되었다. 명예 또는 물질적인 부가 행복의 전부는 아니다. 내려놓고 가벼운 마음으로 사는 게 쉽지
않겠지만, 문제의 근본이 무엇 하나 놓지 못하는 자신의 마음속에 있음을 깨닫고 조금씩 덜어낸다면
훨씬 행복한 삶으로 나아갈 수 있을 것이다.

검의 기운

초심자의 검

초심자의 검

Page of Swords
초심자의 검

침착하게 주위를 살피다

조용히 숨죽인 채 주변을 경계하는 눈빛이 예리하게 빛난다.
조심성 있고 신중하게 주위를 탐색하며
다가올 상황을 바라보는 모습에 긴장감이 감돈다.

색 상징

연보라 선택/ 열정과 냉정/ 중립
하늘 희망/ 창조력/ 진취적

보라 통찰력/ 매력/ 고귀/ 결심
자주 신비로움/ 도도함/ 여유

정방향	Keyword	역방향
신중한 대비		부주의
비밀스러움	**경계**	치명적 방심
높은 위기 의식		기밀 누출

◆
긍정적

냉정한 분석

예측이 쉽지 않은 상황이지만 은밀하게 탐색하며 경계를 늦추지 않는다.
도움을 떠벌리기보다 스스로 비밀리에 빈틈없이 대비하며
조용하고 은밀히 진행하는 것이 도움이 된다.

주위의 상황을 지켜봐야 한다/ 위험을 미리 감지하고 대비한다/ 빈틈없는 처신
드러나지 않는 심리 싸움/ 약점을 파악하다/ 비밀이 있다면 반드시 지켜낼 것

경계심을 높이고 주위를 살펴야 할 상황에도 조심성이 부족하다.
안일한 생각이 키운 부주의한 행동과 방심이 더 큰 사고를
불러오기 전에 외적, 심적 경계에 만전을 기하도록 하자.

◆
부정적

안전불감증

허술한 대책으로 일을 그르친다/ 부주의한 언행으로 오해를 산다
자신의 공을 빼앗긴다/ 미숙함으로 실수를 연발한다/ 사소한 일에도 주의를 기울일 것

칼자루를 쥔 손

경계심/ 긴장
주도면밀함
조용한 행동

날아가는 새

상황의 감지
예측 불가
일촉즉발

나팔꽃

보라:
냉정함/ 평정
파랑:
짧은 사랑

작가 노트

초심자의 미숙함과 침착함이 공존하는 카드

섣부른 결정보다 신중함으로 승부하라

이 카드는 초심자 특유의 호기심과 활력이 가득하지만 검이 주는 책임감과
무게감으로 양면적인 성향이 강하다. 늘 높은 경계심을 유지하며 주위를 살피지만
아직은 경험 부족으로 정작 큰일이 닥쳤을 때 그 상황을 온전히 스스로
해결해나가는 부분은 또 다른 문제로 나타날 수 있다. 때문에 일어날
수 있는 실수를 여러 번 계산하고 분석하며 다가오는 일에 부디
냉정하고 신중하게 만전을 기하기 바란다.

검의 기운

기사의 검

기사의 검

Knight of Swords
기사의 검

흔들림 없는 목표로 거침없이 돌진하다

강한 신념과 의지를 가지고 맹렬하게 돌진하는 기사의 기세가
강렬하다. 자신의 승리를 확신하는 듯 거침없이 칼을 빼들고
나아가는 모습에서 강인한 용기와 정신이 느껴진다.

색 상징

연보라 열정과 냉정/ 중립
검정 위엄/ 힘/ 무게감/ 포용

보라 통찰력/ 매력/ 고귀함/ 결심
빨강 사랑/ 에너지/ 열정

◆

긍정적

일사불란

뚜렷한 목적을 세우고 자기 확신을 가질 필요가 있다.
일단 목표가 정해졌다면 불필요한 상황들은 과감하게 지워버리고
빠르고 합리적으로 접근해 목적을 이루도록 한다.

확신에 찬 과감함/ 빠른 전개/ 행동에 거침이 없다/ 다가오는 기회를 포착할 것
망설이지 말 것/ 불필요한 생각을 버릴 것/ 효율적 방식을 활용할 것

성공에 다가가고 싶은 마음이 자칫 성급함에 억지를 부리는 상황이
된다면 목적을 이루기보다 불필요한 도발로 간주되어 오해를 사기 쉽다.
마음을 넓게 갖고 주변 사람들과 균형을 맞추어 나아가도록 한다.

◆

부정적

이해심 부족

불필요한 언쟁에 휘말린다/ 조급한 마음에 자제심을 잃는다/ 맹목적인 접근
일방적인 행동으로 오해를 산다/ 급박한 상황이더라도 일단 침착할 것

돌진하는 검

과감함/ 도전
추진력/ 속도
망설임 없는
행동

대나무

파죽지세
강렬한 기세
확신과 소신

백호

지지자/ 힘
강력함
용기

작가 노트

용맹한 기세와 힘을 가진 하얀 호랑이, 백호

서쪽 하늘을 지켜주는 영원한 수호신

선조들은 호랑이가 오백 년을 살면 털빛이 하얘지고 천 년을 살면
신성한 힘을 가진 백호가 된다고 믿었다. 백호는 청룡, 주작,
현무와 함께 사방신 중의 하나로 악귀를 막아주고 서쪽을 지키며
흰색과 가을을 상징한다. 용맹에 있어 따를 것이 없는
강력하면서도 친숙한 수호신이다. 백호의 기운이 함께한다면
세상 두려울 것이 없다.

검의 기운 — 여왕의 검

여왕의 검

Queen of Swords
여왕의 검

합리적이고 냉정하게 행하는 올바른 판단

하늘을 향해 든 날카로운 검을 바라보는 눈빛이 예사롭지 않다.
그와 대조적으로 검을 쓰다듬는 손길은 한없이 부드럽다.
냉철함과 따뜻함이 조화를 이뤄 현명한 선택을 돕는다.

색 상징

연보라 열정과 냉정/ 중립   **보라** 통찰력/ 매력/ 고귀함/ 결심
노랑 기쁨/ 황금빛/ 승리/ 광명   **빨강** 사랑/ 따듯함/ 열정

◆
긍정적

냉철한 지성

여왕의 권위와 냉철한 지성이 함께해 자신의 의지를 관철시키고
지적인 행동을 통해 주위의 존경을 받는다. 합리적인 행동으로
타인의 마음을 이해하며 현실적인 도움이 되어준다.

현명한 선택으로 존경받는다/ 현실적인 조언을 한다/ 감정적인 행동의 억제
자신의 의지와 생각을 확실히 밝힌다/ 지적인 교감을 이끌어간다/ 권위적 소통

....

냉정을 넘어 융통성 없는 냉담함으로 마음의 온기를 느끼기 어렵다.
타인의 감정을 생각하지 않는 냉담한 언동으로 곤란한 상황에
놓일 수도 있으니 공감하는 마음을 우선 생각하도록 한다.

◆
부정적

차가운 마음

지나치게 원칙만을 따지고 있다/ 흐름을 끊는 행동/ 권위에 억압되어 내적으로 힘든 상태
소통이 없는 딱딱한 대화/ 대안 없는 비판적인 태도는 도움이 되지 않는다

붓꽃(아이리스)

희소식/ 기쁜 일
사랑의 소식
신비한 사랑

어루만지는 손

공감과 위로
이해심/ 도움

수직의 검

합리적 규칙
공정함
강한 신념

작가 노트

냉철한 지성으로 내면을 들여다보는 힘

공감과 포용 속 현명하게 이끌어내는 올바른 대답

때로는 엄하게 또 때로는 자비롭게 느껴지는 표정에서 인물의 양면성이
느껴진다. 날카로운 검을 치우침 없이 수직으로 든 모습을 보면
정확하게 핵심을 파악할 수 있는 능력을 갖추고 있음이 분명하다.
그와 대조적으로 부드러움이 느껴지는 손길을 보면 엄격하더라도
그 마음을 공감하고 쓰다듬을 줄 아는 능력 또한 갖춘 지혜로운
자라는 것을 알 수 있다. 냉철하고 현실적인 판단도 중요하지만,
타인의 공감과 소통을 통해 설득력을 얻었을 때 그 가치가
더 높아진다는 것을 일깨워주는 카드다.

검의 기운

왕의 검

왕의 검

King of Swords
왕의 검

한 자루의 칼에 온전히 담긴 권위와 힘

부당함이 있다면 당장이라도 검을 뽑을 것처럼 확신에 가득 차
정면을 응시하는 인물의 눈빛에 공정함과 자신감이 가득하다.
불합리한 태도는 결코 용납하지 않을 것이다.

색 상징

연보라 열정과 냉정/ 중립　　　**보라** 통찰력/ 매력/ 고귀함/ 결심
노랑 기쁨/ 황금빛/ 승리/ 광명　**군청** 솔직함/ 차분함/ 확실함

정방향	Keyword	역방향
객관적 분석		독단적 선택
명확한 선택	**권위**	자의식 과잉
최고의 전문가		이기적 강요

◆
긍정적

절대적 판단

감정을 완벽히 배제한 상태로 객관적인 판단을 통해 공정하며 사리사욕을 멀리하는 자세를 취한다. 이는 권위적이며 절대적인 선택이기 때문에 내적 자신감이 없으면 행할 수 없는 일이다.

엄격한 기준/ 합리적인 판단/ 결단이 필요한 시점/ 뛰어난 문제 대처 능력
자신감을 가지고 실행할 것/ 고민은 그만하고 행동으로 과감하게 옮길 것

자신의 소신을 강요하는 과정에서 실수와 문제점을 발견하더라도 인정하려 들지 않는다. 독단과 편견은 타인과의 소통을 방해하며 독재적인 방식은 스스로를 고립시킬 수 있으니 주의한다.

◆
부정적

무정한 독재자

독단적 행동/ 멋대로 단정 짓다/ 냉혹한 사람/ 타인의 기분을 생각하지 않는다
자신만 옳다며 고집을 부리고 있다/ 극단적 행동을 주의할 것

정면을 응시
엄격함/ 권위
자신감/ 냉철함

칼자루를 쥔 손
절대적/ 이성적
판단력/ 선택

나비
변화/ 탈피
불멸/ 영원
영혼

대업을 이루기 위해 냉철함으로 무장했던 조선의 왕, 태종 이방원   **작가 노트**

자신의 선택을 막는 자라면 가족도 무사하지 못했던, 절대 왕좌에 앉았던 임금

태종 이방원은 조선의 세 번째 왕이다. 태조 이성계의 다섯째 아들로 조선 건국의 큰 공을 세우고도 왕세자로 책봉되지 못했지만 왕자의 난을 일으켜 형제들을 숙청하고 이를 반대하던 형제들과도 피바람을 불러일으킨 뒤 왕위에 올랐다. 왕권에 위협이 된다고 판단되면 가족과 공신들, 외척도 예외 없이 냉정하게 숙청하며 왕권을 강화했다. 이렇게만 본다면 선혈이 낭자한 피바람을 일으킨 군주로 상상되겠지만, 그는 조선 27명의 왕 중 유일하게 과거에 급제한 지식인으로 문무를 겸비했으며 신생 국가였던 조선의 기틀을 마련하고 민생을 안정시키기 위해 노력한 영민한 왕이기도 하다. 그는 감정을 철저히 배제하며 완벽한 분석과 냉철한 판단을 통해 입지를 다지고 나라의 기틀을 마련했다. 모든 것을 바쳐 얻은 왕권이었지만 때가 되었다고 판단했을 때 스스로 왕의 자리에서 내려와 상왕이 되어 아들의 왕권 강화에 힘을 실어주었고 그 아들은 훗날 조선 최고의 성군 세종대왕이 되었다. 이 카드는 절대적 판단력과 흔들림 없는 결단력으로 대업을 이룬 태종 이방원의 모습을 떠올리며 그려보았다.

잔의 기운

온화한 마음의 그릇

흘러 넘치는 사랑을 담은 담은

건곤**감리**

형태 없이 맑게 흐르는 물의 축복

모든 생명의 시작, 무한한 사랑을 품은 물의 힘

지구상의 모든 생명은 물이 없으면 살 수 없다. 인간은 엄마의 양수 속에서
열 달 동안 잉태되어 태어난다. 물은 사랑이자 마음의 흐름과 같다. 끊임없이
순환하고 자연의 이치를 되돌리며 세상을 돌보는 존재다.

인의예지_의

따스한 감성으로 사랑하며 조화를 이루고 사는 자세

맹자는 사람을 사랑하는 마음 때문에 그 사람들에게 고통을 주는 나쁜 이들을
미워하고 나아가 맞설 수 있는 용기가 생긴다고 말한다. 부당함 앞에 맞섰던 의병운동,
독립운동들을 생각해보면 사랑으로 시작되는 의로움, 용기의 의미를 알 수 있다.

스며드는 기억	의식의 흐름	포용의 마음	풍부한 감성	사랑의 마음

백
물/ 액체/ 흐르는 물결
넓은 마음/ 마음속 의식

녹
시작/ 생명력/ 생동하는 기억
발랄함/ 밝은 감성

황
추억/ 좋은 기억/ 유대감
따스한 온기

청
깊은 물/ 무의식의 깊은 곳
차가운 온도/ 냉정한 마음

흐르는 감정을 담고 따르는 마음의 그릇

마음을 담고 흘려보내기에 나는 어떤 선택을 할 것인가

인간의 감정은 다가갈 수도 없을 만큼 뜨거웠다가 어느 순간 식어버리기도 하고 또 차가운 듯하지만
따스한 온기를 느껴 어느새 곁에 두고 싶어지는 그런 존재와 비슷하다. 이를 담은 잔은 마음의 그릇으로
비유될 수 있을 것이다. 적절한 상황에 맞게 조금씩 담아두었다가 필요할 때 흘려보내고 또 채우고 하는
과정을 통해 마음의 안정과 사랑을 배워가는 과정이 인생이 아닐까 하는 생각에 잔을 그렸다.

첫 번째 잔

Ace of Cups
첫 번째 잔

샘솟는 감정과 사랑의 마음

마음속 여러 감정이 가득 차 넘치고 있다.
비둘기가 물어오는 황금빛의 성스러운 나뭇가지가
감정의 내면을 더욱 신비롭게 만든다.

색 상징

하늘 자유/ 청량함/ 기쁨/ 영원   **하양** 순수함/ 진실함/ 만족감
노랑 기쁨/ 광명/ 새출발/ 유대감   **박하** 청량/ 해소/ 깨달음/ 맑음

정방향   Keyword   역방향

기쁨과 행복   감정의 결핍
설레는 마음   **감성**   식어버린 마음
사랑의 시작   사라진 희망

◆
긍정적

넘치는 희망

마음속이 다양한 감정으로 가득 채워져 있다. 감정의 흐름대로
이끌려가도 좋을 만큼 행복이 넘친다. 행복은 사랑을 만들고
사랑의 감정은 또다시 행복한 일로 이어진다.

매우 만족스럽다/ 몰입하고 싶은 일이 생겨 기쁘다/ 새로운 사랑이 찾아온다
좋은 분위기의 환경이 조성된다/ 친해지고 싶은 관계가 생긴다

허전한 마음에 상실감을 느낀다. 감정적인 기분에 치우쳐 상황을
보지 못하고 있다. 나의 감정만큼 타인의 감정도
중요하다는 점을 잊지 말고 배려하는 마음을 갖도록 하자.

나의 감정만 생각해도 벅찬 상황/ 식어버린 애착/ 권태기
부족한 배려로 이기적이라는 평가를 받는다/ 감정 기복으로 지친 마음을 돌아보자

◆
부정적

허전한 마음

연꽃

순결/ 깨달음
지조와 충정
풍요/ 평안

물줄기

넘치는 감정
활기/ 행복
파급력

**비둘기와
황금가지**

성령/ 전달자
신비로움/ 부활

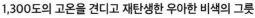

작가 노트

혼을 담아 만든 그릇, 고려청자

1,300도의 고온을 견디고 재탄생한 우아한 비색의 그릇

고려는 세계에서 두 번째로 청자를 만든 나라다. 조선의 백자도 물론
아름답지만 영롱한 비색의 아름다움에 취하면 한동안 눈을 떼기 어렵다.
박물관의 아늑한 조명 아래 앉아 고려청자를 보고 있으면 고려시대
장인의 혼과 고려 왕실의 심미안이 가슴 깊이 느껴진다. 영혼을 담은
잔의 의미를 되새기며 고려청자를 상징으로 선택해 그렸다.

잔의 기운

② 두 개의 잔

Two of Cups
두 개의 잔

새롭게 싹트는 설렘의 감정

온화한 표정의 두 인물이 서로 잔을 맞대고 있다.
아직 눈길을 건네는 것조차 수줍은 듯 잔을 바라보며
미소 짓는 모습에서 두근거리는 설렘이 느껴진다.

색 상징

노랑 기쁨/ 유대감/ 매력/ 주목
옅은 하늘 변화/ 선택/ 중립

분홍 설렘/ 연인/ 사랑의 약속
밝은 자주 사랑/ 신비로움/ 여유

사랑의 시작
협력자의 등장
상부상조

신뢰

어긋나는 의견
차가운 마음
싹트는 불신

◆
긍정적

신뢰의 마음이 싹트면서 솔직하게 마음을 터놓는다. 사랑의 감정
외에도 계약, 우정, 비즈니스도 해당된다. 좋은 감정에서 시작된 신뢰를
바탕으로 협력과 협업을 통해 좋은 성과를 얻는다.

창조적 협업

솔직한 고백/ 협력자가 생겨 든든해진다/ 서로를 신뢰하고 이해하는 사이
선의를 베풀고 싶다/ 첫눈에 반하다/ 편안한 감정

화합하고 싶은 마음이지만 자꾸만 어긋나는 상황이 당황스럽다.
그로 인한 불신이 만연하게 된다.
이해하려고 할수록 어긋나는 상황이 답답하기만 하다.

◆
부정적

의견 불일치

닫힌 마음/ 일방적인 관계에서 오는 피로감/ 의견 불일치로 벌어지는 다툼
이해 부족으로 기인한 다툼/ 상대방에 대한 기대를 어느 정도 내려둘 것

**두 마리의
물고기**

연인/ 가까운 친구
동반과 화합

잔

교류/ 화합
소통과 이해
화기애애

**목련과
분홍 장미**

봄/ 고귀함
설렘/ 사랑

작가 노트

고구려의 안장왕과 백제 한씨 미녀의 사랑 이야기

삼국시대판 춘향전, 고구려와 백제를 넘나들며 펼쳐지는 일편단심 사랑의 마음

고구려의 안장왕이 태자 시절 백제 땅에 상인 변장을 하고 놀러 갔다가 절세미인 한주라는
여인을 만나 첫눈에 서로 사랑에 빠졌다. 그는 고구려로 돌아가면서 나중에 꼭 백제의 땅을
취해 백제 사람인 한주를 아내로 맞겠다는 약속을 한다. 그런데 백제의 태수가 한주의 미모에
반해 강제로 결혼하려 들고 안장왕은 한주를 구해오는 자에게 포상하겠다는 조서를 내린다.
이에 을밀이라는 자가 태수의 잔칫날 군사를 이끌고 쳐들어가 태수를 죽이고
안장왕과 한주는 부부가 되었다. 먼 길을 떠나면서도 사랑하는 이와의 애틋한 약속을
지키며 고난과 역경을 이겨내고 결실을 이룬 사랑의 강한 의지를 담아 그렸다.

Three of Cups
세 개 의 잔

함께하는 마음만으로도 감사한 존재들

머리에 화관을 쓴 인물은 감사하는 마음으로 진심을 담아
기쁨의 기도를 하고 있다. 만개한 꽃과 열매들 사이로 세 마리의
기린으로 표현된 조력자들이 그 행복을 함께하고 있다.

색 상징

하늘 자유/ 청량함/ 기쁨/ 영원
노랑 태양/ 광명/ 승리/ 유대감

하양 순수함/ 진실함/ 만족감
연두 생동/ 봄/ 시작/ 편안함

◆
긍정적

행복한 공감

좋은 조력자 또는 동료들과 함께 성공에 가까워지고 있다.
깊고 끈끈한 연대감은 서로에 대한 신뢰와 믿음으로 조화로운
과정을 거쳐 더욱 좋은 결과를 이루게 된다.

손발이 잘 맞는다/ 기대한 만큼의 결과를 얻는다/ 기쁜 일을 공유하며
더욱 좋은 일이 생긴다/ 즐거운 모임이 있다/ 함께 움직이며 소통할 것

처음에는 마음이 맞는 사람들과 시작한 즐거운 일이 점차
타성에 젖어들고 있다. 물질이나 감각에 대한 탐닉으로
일어나는 부정적인 문제들을 주의할 필요가 있다.

◆
부정적

의견 불일치

계획이 없는 유희 생활/ 덧없는 관계를 깨닫고 허무함을 느낀다/ 방만한 경영
혼자 나서는 것을 두려워한다/ 타성에 젖어 나아가지 못한다

화관

기쁨/ 영광
행복한 순간

목련, 감

봄/ 사랑
숭고한 정신
풍요/ 만족

기린

평화/ 안정
뛰어난 재주
능력 있는 조력자

작가 노트

뛰어난 재주와 평화를 사랑하는 신수, 기린

풀 한 포기 함부로 밟지 않는 마음 착한 상상의 동물

기린은 수컷 기와 암컷 린이 한 쌍으로 뿔조차도 부드러워 다른 동물을 해하지
않는 어질고 착한 상상의 동물이다. 사람들은 기린의 재주와 성품을 닮아
뛰어난 사람을 '기린아'라 칭하며 높게 평가했다. 기린은 덕이 많아 성군이
태어날 세상에 모습을 드러낸다고 한다. 조선의 대군들은 태평성대를
기원하며 흉배 그림으로 기린을 수놓았다. 세 마리의 기린이 모여 앞날을
축복하는 모습은 분명 가까운 미래에 좋은 동료들과 함께 기쁜 일을
나눌 것임을 알려주는 모습으로 생각해도 좋을 것이다.

네 개의 잔

잔의 기운

④

네 개의 잔

Four of Cups
네 개의 잔

오랜 안정감 이후 찾아오는 감정의 정체

부족함 없는 환경과 편안함 삶에서 더 이상 큰 자극을 얻지
못해 무료하다. 앞에서 새로운 자극을 내밀어보지만 눈길조차
주지 않는 인물의 표정은 따분함으로 가득 차 있다.

색 상징

하늘 자유/ 청량함/ 이상적   **하양** 환상/ 꿈/ 허상/ 새로운 관점
보라 통찰력/ 무의식/ 매혹/ 양극   **박하** 소극적/ 의지 부족/ 깨달음

긍정적

변화

주위를 둘러보면 멀지 않은 곳에 새로운 도전과 자극이 기다리고 있다.
중요한 것은 행동으로 옮길 수 있는 추진력이다.
작더라도 주변의 변화를 꾀해보도록 한다.

새로운 방향으로 관심이 보이기 시작한다/ 새로운 계획에 착수한다
관점을 달리한다면 해결책이 보인다/ 긍정적인 생각으로 위기를 벗어난다

지금 주어진 모든 조건들을 당연하게 생각하기 때문에 발전하고
싶은 마음이 없다. 가진 것에 감사하며 진정으로 원하는 것이
무엇인지를 마음 깊이 생각해볼 시기이다.

불만족과 불만만 늘고 있다/ 스트레스가 많아 상황이 보이지 않는다
문제를 직시하기보다 외면하려 한다/ 가진 것에 감사하는 마음부터 시작한다

부정적

무기력

지루한 표정

권태기/ 불만
외면/ 고민

물망초

날 잊지 마세요
진정한 사랑

손을 내밀다

새로운 자극
도움/ 기회
도전

작가 노트

작은 변화로도 달라질 수 있는 삶의 의미

풍요와 자유가 당연하게 느껴지는 순간 다가오는 감정, 권태

카드의 인물 앞에 놓인 아름다운 물망초와 영롱한 도자기들은 인물의 상황이 결코
부족하거나 힘든 상황이 아님을 말해주고 있다. 그럼에도 인물은 모든 것이 귀찮은 듯
옆에서 새로운 도자기를 보여주려 해도 눈길조차 주지 않고 무료해한다. 하지만 역설적으로
이 카드가 주는 의미는 지금의 상황이 어떠한 결핍이나 위협이 없다는 점이다. 현실적인
문제로 고민하기보다 오히려 문제가 없는 상황으로 인한 무기력함이 삶을 지치게
하고 있는 경우가 될 것이다. 이런 경우일수록 가진 것을 되돌아보고 감사할 줄 알며
사소한 일이더라도 스스로를 위해 변화를 추구해야 한다. 그렇게 한다면 어느새 권태기를
벗어나 지금의 상황이 결코 나쁘지 않음을 깨닫고 감사한 마음으로 새롭게 나아갈 수 있을 것이다.

잔의 기운
다섯 개의 잔

5

다섯 개의 잔

Five of Cups
다섯 개의 잔

상실에 대한 슬픔을 가슴에 묻다

가려진 장옷 틈 사이로 쓰러져버린 도자기를 바라보는 인물의
표정이 어둡다. 동시에 아직 남아 있는 두 개의 희망이
있음을 아는 듯 무언가 생각에 잠긴 듯한 모습이다.

색 상징

회색 망설임/ 고민과 후회/ 답답함 **하양** 무결함/ 결벽/ 눈물/ 신념
연노랑 서서히 보이는 희망 **검정** 무게감/ 고요함/ 슬픔/ 압박

◆
긍정적

희망의 불씨

이미 쓰러진 것은 어쩔 수 없다. 아직 나에게 남은 것이 무엇인지, 수습해야 하는 것은 무엇인지를 빠르게 파악하는 것이 중요하다. 그 과정을 통해 다시금 희망을 찾고 성장의 방향을 찾게 된다.

마음을 다잡는다/ 다른 방법을 찾는다/ 기운이 빠지더라도 각오를 다질 필요가 있다
상황의 개편/ 버릴 것은 과감하게 버릴 것/ 적당히 속상하고 끝낼 일

상실의 아픔에서 헤어 나오지 못하고 있다. 계속해서 잃어버린 것에 대한 후회로 실망감에 빠진 채 현실을 보기가 힘겹다. 조급할 것 없이 마음을 추스르는 시간을 보내도록 한다.

원치 않았던 상황 전개/ 실망스러운 결과/ 헛된 기대로 무너진 마음
기대와 다른 현실/ 부정적인 마음/ 상황을 냉정하게 이해할 것

◆
부정적

비통한 슬픔

가려진 표정

깊은 후회
슬픔/ 고민
알 수 없는 생각

쓰러지지 않은 도자기

남은 희망
기회/ 자산

개망초

상실
화해/ 다정다감

작가 노트

개망초, 나라 잃은 설움과 후회의 뜻을 담은 꽃이 되다

상실의 상징 망국초가 되어 들판을 가득 메운 슬픈 꽃

한국인에게 가장 서러운 시간은 언제였을까, 숱한 시련을 겪은 한민족이지만 나라를 잃었던 35년의 역사는 그 무엇보다 큰 아픔이고 슬픔이었다. 개망초는 본래 일본에서 들어온 꽃으로 왜풀이라는 이름으로 불렸었다. 일제강점기 일본이 철길을 깔기 위해 들여온 나무 침목에 씨앗이 붙어 들어와 철길 옆으로 이 꽃이 흐드러지게 피기 시작했다. 사람들은 나라가 망하는 것도 서러운데 온 나라를 뒤덮은 하얗고 자그마한 꽃이 무척이나 원망스럽고 미웠던지 망국초, 개망초라 불렀다. 나라를 잃은 상실의 아픔을 고스란히 담았던 개망초는 지금도 봄가을이면 들판을 하얗게 뒤덮는다. 아픔을 이겨내며 오늘을 일궈낸 우리에게 개망초는 이제 '화해'라는 꽃말로 슬픔을 이기고 앞으로 나아가길 바라는 뜻의 수줍은 미소를 보내는 듯하다.

잔의 기운

여섯 개의 잔

6

여섯 개의 잔

Six of Cups
여섯 개의 잔

마음을 따듯하게 하는 과거의 행복한 추억

가슴 한구석에 순진무구했던 어린 시절이 떠올라 마음이
따스해진다. 흘러간 시간에 대한 그리움일까, 추억을 회상하며
얻는 마음의 안정일까. 스스로에게 질문을 던져본다.

색 상징

하늘 자유/ 청량함/ 기쁨/ 영원 **하양** 순수함/ 진실함/ 만족감
연노랑 좋은 기억/ 부드러움 **연보라** 변화/ 중립/ 옛 추억

정방향	Keyword	역방향
따스한 감정		미화된 기억
순수한 사랑	**회상**	철없는 행동
과거의 향수		변화의 거부

긍정적

동심의 추억

어린 시절의 순진무구했던 아름다운 추억을 떠올리며 오늘의
각박함 속에서도 따스한 온기를 느낀다. 초심을 떠올리고 과거의
기억 속에서 새로운 답을 구하며 발전의 기회를 다진다.

천진난만한 순수한 마음/ 소꿉친구와 함께하는 듯한 즐거운 대화
오랜만의 재회/ 과거의 좋은 기억으로부터 도움을 받는다/ 초심을 잊지 말 것

옛 시절의 영광, 좋았던 시절에 갇혀 새로운 방식을 거부하고 있다.
지나치게 감성에 빠져버려 철없는 응석받이처럼 보일 수도 있으니
과거의 기억보다는 현재의 상황을 직시할 것.

부정적

과거의 집착

과거의 사람/ 미화되고 왜곡된 기억/ 지나치게 어리광을 부리고 있다
과거에 얽매여 정체기에 빠져 있다/ 오래된 방법을 고집하고 있다

어린아이들

지나간 기억들
동심/ 첫사랑
설렘과 기대

백합과 꽃 무리

순수한 마음
회상/ 순결
변함없는 사랑

흩날리는 꽃잎

아름다운 추억
기분 좋은 기억

작가 노트

유년 시절의 아이처럼 다정하고 두근거렸던 그날의 추억들

과거의 시간과 마주하는 일

카드의 꼬마들처럼 어린 시절의 기분 좋은 추억은 현재를 살아가는 원동력이 되어줄 때가 있다.
이 카드는 추억을 통해 과거로부터 얻을 수 있는 가치에 대해 말해주고 있다. 이는 마음 깊은 곳으로부터
느껴지는 그리움과 유대감을 어떻게 받아들일지에 따라 긍정이 될 수도 부정이 될 수도 있다. 아름다운
추억을 통해 마음을 정화하고 과거로부터 얻은 단서를 따라 더 나은 내일을 살 수도 있고, 단지 지나간
과거에 머무를 뿐 얻는 것 없이 향수에 빠져 있다면 자아는 점점 현실과 동떨어진 삶을 향할 수도 있다.
또는 과거와 연관이 있는 어떠한 인연과의 재회를 뜻하거나, 아이의 마음으로 눈높이를 맞춰볼 것을
제안하기도 한다. 오늘을 살고 있는 나에게 가장 중요한 가치는 어디에 있는가, 과거에 머무르는가,
미래를 향하는가 아니면 지금 이 순간인가. 스스로에게 질문을 던져보아도 좋다.

일곱 개의 잔

Seven of Cups
일곱 개의 잔

진정으로 원하는 가치의 탐구

향로 위로 피어오르는 욕망의 대상들은 금방이라도 닿을
것처럼 가깝지만 아직 손에 들어오지 않았기에 더욱 간절할 뿐
진정한 가치에 대한 고민이 필요한 시점이다.

색 상징

하늘 희망/ 무한함/ 이상적 미래   **하양** 환상/ 안개/ 꿈/ 허상
노랑 황금빛/ 금전/ 수확/ 매력   **연한 군청** 변화/ 선택/ 냉정/ 고민

<table>
| 정방향 | Keyword | 역방향 |
</table>

정방향

공상과 망상
선택 장애
보이지 않는 실체

Keyword

환상

역방향

결심이 서다
길이 보이다
드러나는 실체

◆
긍정적

가치의 발견

욕망은 그 뜻을 이루어도 허무한 경우가 더 많다. 진정으로 가치 있는 꿈은 무엇인지 그것을 잘 파악하는 것만이 공상과 환상의 늪을 빠져나와 진정한 행복을 찾는 방법이다.

가치 있는 결정을 할 것/ 더는 망설이지 말 것/ 우선순위를 정해 움직일 것
자극적인 일이 늘어난다/ 실현 가능한 계획을 세울 것

지나치게 이상적인 목표와 꿈들이 눈앞에 아른거려 진정으로 원하는 것이 무엇인지 몰라 행동조차 할 수 없는 상황에 이르렀다. 이제 백일몽에서 깨어나 현실을 보도록 하자.

◆
부정적

백일몽

유혹에서 헤어 나오지 못하다/ 마음 가는 대로 하려는 결정/ 추진력이 부족하다
눈앞에 아른거리는 방해 요소들/ 현실을 파악할 것/ 눈높이를 낮출 것

붓과 서책
박식한
학자의 꿈

화살과 반짇고리
활과 화살: 용맹한 자, 무관이 되는 꿈
반짇고리: 손재주 좋은 사람이 되는 꿈

엽전 꾸러미
재복이
가득한 꿈

마패
관직에
오르는 꿈

복주머니
복이
가득한 꿈

명주실
무병장수
하는 꿈

오방색지
천하를
호령하는 꿈

* 현대식 돌잡이 중 마이크와 같은 의미

작가 노트

인생 첫해의 선택, 돌잡이

건강하고 행복하게 성장하기 바라는 가족의 소망과 염원을 담은 잔칫상

한국인은 아기가 태어나 첫 번째 맞는 생일에 가족이 모여서 특별한 잔치를 한다. 이때 가장 중요한 의식이 돌잡이다. 아기 앞에 여러 가지 이로운 의미의 물건을 두고 아이가 집는 물건에 따라 아기의 미래를 축복하는 의식인데 은근히 손에 땀을 쥐게 하는 순간이다. 각각의 물건은 이상적인 미래를 꿈꾸는 모든 의미를 담아 앞에 두었다. 그 상징을 따져보면 더욱 재미있는데, 예나 지금이나 사람들이 꿈꾸는 부귀영화의 의미들은 크게 변함이 없는 듯하다.
돌잡이 물건들을 욕망의 상징으로 변형해 카드에 반영해보았다.

여덟 개의 잔

Eight of Cups
여덟 개의 잔

매듭짓고 다시 떠나는 새 여정의 시작

가지런하게 놓인 도자기는 누군가 공들인 흔적이 역력하다.
도자기의 주인은 보이지 않고 창밖에는 날개를 활짝 편
두루미가 새로운 여정을 시작한다.

색 상징

연보라 변화/ 선택/ 냉정/ 고민   **하양** 순수함/ 진실함/ 낙관적
남색 이성적 사고/ 깊은 내면   **빨강** 열정/ 태양/ 에너지/ 힘

<table>
<tr><td>정방향</td><td>Keyword</td><td>역방향</td></tr>
<tr><td>정리된 감정
다음 단계
이전의 성취물</td><td>변화</td><td>다시 시작하다
재확인하다
되돌아오다</td></tr>
</table>

◆

긍정적

끝을 깨닫다

그간의 시간을 뒤로한 채 끝을 깨닫고 떠날 준비를 하고 있다.
생각만 했던 일을 과감하게 시작하거나, 도전을 위해 자존심은
과감히 내려두고 가벼운 마음으로 나아가보도록 하자.

흥미가 바뀌어 새로운 도전을 한다/ 방향성을 달리해 접근해본다/ 다음 단계를 향한
욕구/ 마음이 떠나다/ 일을 매듭지은 상태/ 지금의 일은 깔끔하게 끝내고 철수하라

아직은 떠나기에 아쉬움이 있다. 포기하고 떠나기보다
마음을 돌려 한 번 더 그간의 노력과 헌신을 떠올려보도록 하자.
심기일전하고 재도전한다면 노력은 분명 아름답게 빛날 것이다.

◆

부정적

재도전

노력의 성과가 드러날 시간이 다가온다/ 단념한 일에 대해 다시
도전할 기회가 있다/ 잊혔던 노력에 의해 이익이 생긴다/ 미련이 있는 마음

달빛

무의식/ 감정
내면의 욕구

**붉은 태양과
두루미**

책임과 명분
외적인 욕구

**가지런히 놓인
도자기**

노력의 성과
결과물

작가 노트

모든 일은 끝이 있기 마련이다

자신의 업적에 도취되기보다 새로운 목표를 향해 떠날 것

가지런하게 놓인 도자기들 위에서 만월의 달빛이 세상을 비추지만 세상은 아직 어둡고 차갑다. 험난한
산 뒤로 멀리 보이는 붉은 태양을 향해 두루미가 날갯짓을 시작했다. 가지런히 놓인 도자기는 노력의
결과이자 성과일 것이다. 마저 쌓아 올리지 못해 비어 있는 한 칸이 아쉽지만 더 이상 연연하지 않고
새로운 도전을 선택해 떠나고 있음을 의미한다. 한때 나에게 가장 큰 기쁨이 되었던 일도 때가 되면
변화에 수긍해야 하고 영원할 수 없다는 것을 받아들일 필요가 있다. 결과를 매듭짓고 다시금 새로운
출발선 앞에 놓였을 때에는 부디 훨훨 날아가는 두루미처럼 가볍고 자유롭게 떠날 수 있기를 바란다.

잔의 기운

아홉 개의 잔

Nine of Cups
아홉 개의 잔

목표를 달성하고 성취감에 취하다

인물의 뒤를 감싼 찻잔들이 아름답게 빛나고 있다.
만족스러운 웃음과 당당한 표정이 원하는 것을 충분히
손에 넣은 자의 여유로움을 보여주고 있다.

색 상징

연노랑 다가오는 기쁨/ 밝은 미래 **주황** 부유함/ 활력/ 만족/ 적극적
노랑 황금빛/ 생기/ 금전/ 매력 **빨강** 강렬한 욕구/ 정열/ 에너지

◆
긍정적

목적의 달성

꿈꾸던 목표를 달성해 만족감에 벅차오르고 있다. 이러한 흐름은
나의 자신감을 높여주고 더 좋은 기류를 만드는 데 큰 힘이 되어줄 것이다.
성취감과 성공에 대한 열망이 가득하다.

염원하던 일이 이루어진다/ 금전 흐름의 상승세/ 성취로 느끼는 기쁨
스스로가 자랑스럽다/ 스스로에게 칭찬을 아끼지 말 것

지금 느끼고 있는 성취감은 타인과 공유되는 감정은 아니다.
때문에 보란 듯이 늘어놓은 잔처럼 자아도취되어 자신의 성공을 자랑하는 것이
상대방에게는 그저 허세로 보일 수도 있으니 주의하자.

◆
부정적

자아도취

우쭐한 기분이 든다/ 금전적 이익에 욕심이 생긴다/ 거만한 행동으로 오해를 산다
사치스러운 생활/ 허세로 인해 신뢰를 잃을 수도 있으니 주의하자

**자신만만한
표정**

자랑스러움
자아도취

모란과 나비

성공/ 영광
만족감
기쁨/ 환희

아홉 개의 잔

부의 축적
전리품
자산

작가 노트

사대부 양반이 애정하던 조선시대의 관모, 정자관

절개 있는 자부심의 기운을 이어받다

정자관은 남성들이 평상시 집에서 쓰는 관모들 중 하나로 양반의
상징과도 같다. 정자관을 썼다는 것은 우선 계급 사회였던 조선의
상류층인 양반이라는 의미가 있고, 지위가 높을수록 산 모양의
모자 층이 높아졌기 때문에 양반은 집에서도 자신의 높은 지위와
재력을 상징하는 정자관을 쓰고 생활했다. 우리에게 익숙한 오천
원권 화폐에서도 정자관을 쓴 율곡 이이의 초상화를 볼 수 있다.
양반이 가진 자부심과 절개를 고스란히 담고 있는 정자관을 쓴
인물이 고고하게 정면을 응시하며 더 바랄 것 없다는 듯 당당한
표정으로 영광의 기운을 불어넣어주고 있다.

잔의 기운

열 개 의 잔

10

열 개 의 잔

Ten of Cups
열 개 의 잔

평온한 일상에서 느끼는 행복

감정의 샘이 가득 찬 잔들이 무지개를 이루며 아름답게
펼쳐져 있다. 가족의 행복을 상징하는 봉황 가족의 모습이
보기만 해도 사랑스럽다.

색 상징

하늘 희망/ 무한함/ 밝은 미래
노랑 온기/ 가족/ 기쁨/ 축복

하양 평화/ 순수/ 진실함/ 만족감
밝은 갈색 토대/ 반석/ 안정/ 힘

◆
긍정적

일상의 행복

모든 존재가 조화를 이루며 마음의 가장 깊은 곳까지 안정감을 느낀다.
조화를 이루며 평화로운 상태는 잔잔한 행복으로 이어져 완벽한
일상을 유지한다. 긍정적인 마음을 이어가도록 하자.

가까운 이들이 주는 일상의 행복/ 긍정적이고 사랑이 넘치는 인간관계
안정을 추구하고 싶은 욕구/ 결혼, 연애에 대한 마음이 생긴다/ 좋은 보금자리를 찾는다

계속되는 안정감은 감사한 일이지만 반복되는 일상에 무료함을
느끼기 시작했다. 사랑하는 가족 또는 반려자, 친구가 가까이
있음에도 이를 당연히 여기며 의욕을 잃어가고 있다.

◆
부정적

무료한 일상

행복의 의미를 잊고 있다/ 따분한 관계에 지친다/ 타인과 다툼이 있거나 의견 조율이
어렵다/ 마음이 불편하여 예민하고 까칠하다/ 평범한 일상에도 감사하는 마음을 가질 것

호접란

행복이 날아오다
혼인/ 화목

아기 봉황들

다산/ 행복
가족의 평화
천진난만

복주머니

화목함
쌓이는 기쁨

작가 노트

가화만사성의 이치

家和萬事成

집안이 화목하면 모든 일이 잘된다

『명심보감』에는 가화만사성이라 하여 집안이 화목하면 모든 일이 잘된다는 말이 있다. 지금 느끼는
일상의 행복에서 감사함을 느낀다면 마음은 더없이 편안할 것이며 어떠한 상황과 맞닥뜨려도
흔들림 없는 안정감을 가질 것이다. 열 개의 잔을 행복으로 가득 채운 마지막 카드는 가장 익숙하고
평범한 하루를 사는 오늘의 일상이 아닐까. 그 행복을 차곡차곡 담아두었다가 힘들거나 답답한 일이
있을 때 꺼내어 위기를 극복하는 힘이 될 수 있도록 빛나는 복주머니를 함께 그려놓았다.

잔의 기운

초심자의 잔

초심자의 잔

Page of Cups
초심자의 잔

사랑을 향한 순수한 호기심

사랑의 감정이 가득 담긴 도자기를 들어 보이는 인물의
눈빛이 호기심으로 가득하다. 찰랑이는 물결을 들여다보며
마음 깊이 모든 것을 받아들일 준비가 되어 있다.

색 상징

하늘 자유/ 청량함/ 기쁨/ 영원   **주황** 순수함/ 진실함/ 만족감
노랑 기쁨/ 주목/ 새출발/ 축복   **빨강** 사랑/ 따뜻함/ 열정

◆ 긍정적

창조적 수용

개방적 자세로 무엇이든 수용하고 받아들일 준비가 되어 있다.
마음을 가득 채운 좋은 감정들이 타인에게 친절하고 스스로에게
다양한 시도를 할 수 있는 토대를 마련해주고 있다.

순수하고 유연한 사고로 받아들인다/ 긍정적인 사고방식/ 개방적인 소통 방식
넘치는 감정들을 활용해 창조적인 능력을 발휘한다/ 비밀 없는 친밀한 사이

받아들이려고 하지만 하고 싶은 것에 대한 미숙한 행동력으로 주변에
의존적이거나 현실감이 떨어져 엉뚱하다거나 나약하다는 소리를 들을
수 있다. 쉽고 편한 유혹에 넘어가지 않도록 주의하자.

여리고 약한 마음으로 타인에게 의존하려 든다/ 혼자만의 공상에 빠지기 쉽다
미숙한 감성으로 호불호가 강하다/ 순수함을 넘어 응석받이로 비친다

◆ 부정적

나약한 의지

**가득 찬 잔을
높이 들다**

수용하는 자세
경외심/ 열정

붉은 물고기

생동감/ 유연함
자유로운 사고
개방적 소통

**프리지아와
물결**

미래를 응원
풍부한 감정

작가 노트

물 흐르듯 거스름 없이 수용할 줄 아는 능력

감정이 드러나는 순간을 기다리며 바라보다

감정의 물결이 찰랑이는 잔을 높이 든 초심자의 눈빛이 호기심 어린 경외심에 빛나고 있다. 밝게 빛나는
도자기 안에 무엇이 들었을지 얼굴을 가까이 대고 금방이라도 고개 숙여 들여다보고 싶은 강한 충동을
느낀다. 물결의 흐름을 타고 머리 주위를 맴도는 붉은 물고기들은 초심자가 유연한 사고와 자유로운
사고방식을 가졌음을 상징한다. 이것은 분명 매력적인 모습이며 즐거운 분위기를 이끌 수 있지만,
언제나 어린아이처럼 감정에 따라 원하는 대로만 흘러간다면 무책임한 사람이 되어버릴 수도 있다.
출렁이는 감정의 물결을 잘 다스려 사랑스러운 사람이 될 수 있도록 그 앞날을 응원하는 의미에서
프리지아를 함께 그렸다.

잔의 기운

기사의 잔

기사의 잔

Knight of Cups
기사의 잔

상대를 공감하고 감정을 다스릴 줄 아는 힘

꼿꼿하고 당당한 자세로 조심스레 도자기를 들고 있는 기사의 모습에서 감정에 대한 깊은 존중과 배려심이 느껴진다. 이상과 꿈에 대한 자신의 열정을 우아하게 드러낼 줄 아는 모습이다.

색 상징

하늘 자유/ 청량함/ 기쁨/ 영원
노랑 기쁨/ 주목/ 새출발/ 축복

하양 순수함/ 진실함/ 만족감
청록 소통/ 심미/ 예술/ 자연

◆
긍정적

은근한 행동력

꿈꿔오던 이상이 눈앞에 놓여 있다. 일을 시작함에 있어 조급함 없이 서서히 스며들고 있다. 그 모습이 부드럽고 우아하게 보이며 관계에 있어서 매우 강한 면모를 보여줄 수 있다.

새로운 국면을 무난하게 받아들이다/ 마음이 차분한 상태/ 신중하게 고려하고 행동한다
공감하는 능력으로 마음을 연다/ 서서히 마음에 든다

손에 넣고 싶어 바라보지만 반드시 내가 원하는 결과가 아닌 예상 밖의 결과가 나올 수 있다. 엇갈리는 감정의 교차로 생각하던 이상은 자신만의 꿈이 되어버릴 수 있으니 현실과의 조율이 필요하다.

◆
부정적

몽상가

혼자서만 상상하고 생각하고 있다/ 감정의 방향을 잘못 잡고 있다
공감받지 못해 외롭다/ 유혹에 마음이 흔들린다/ 감정을 드러내는 행동이 오해를 받는다

조용한 응시
공감의 자세
감정의 전달

공손히 받쳐든 손
존중/ 소통
동경의 대상

어룡
풍부한 감성
유연한 행동
꿈과 이상

작가 노트

순수함과 아름다움을 두루 갖춘 신라의 청년집단, 화랑

학식에서 아름다움까지 두루 갖췄던 신라의 젊은 인재들

화랑은 고대 신라의 청년, 청소년 수양 단체로 문벌과 학식이 있고 외모가 단정한 사람으로 조직되어 심신의 단련과 사회의 선도를 이념으로 만든 단체다. 화랑은 무예와 학식은 물론, 용맹한 자세와 우아한 용모에 대한 이야기도 많다. 화랑은 평소에는 정신 수양과 다양한 사상에 대해 공부하며 학식을 키우고 전쟁 시에는 용맹하게 실전에 참전하며 그 위상을 떨쳤다. 황산벌 전투에서 백제의 계백 장군과 수차례 맞서 싸우다 죽어 신라군의 전의를 고무시키고 전투를 대승으로 마치게 했던 소년 화랑 관창의 이야기는 화랑의 용맹을 역사에 길이 남겼다. 전투에서는 호전적인 태세로 용맹을 떨치더라도 평소에는 아름다운 용모를 갖추고 정신 수양에 매진하는 화랑의 우아한 모습을 단정하게 잔을 들고 있는 기사의 모습으로 그려보았다.

잔의 기운
여왕의 잔

여왕의 잔

Queen of Cups
여왕의 잔

더없이 충만한 자애로움을 나누다

온화한 표정으로 청자 주전자를 어루만지는 손은 더없이
다정하고 부드럽다. 드러내지 않아도 자애로운 숨결은
주위를 매료시키기에 충분하다.

색 상징

박하 청량/ 해소/ 깨달음/ 맑음   **하양** 순수함/ 진실함/ 만족감
노랑 기쁨/ 주목/ 새출발/ 축복   **빨강** 사랑/ 따뜻함/ 열정

◆
긍정적

따뜻한 사랑

본심을 꿰뚫어 보는 내면의 온화함이 타인과 눈높이를 맞추고 공감하며 주위를 감동시킨다. 쌓이는 인덕은 더욱 가치 있는 사람으로 성장하는 힘이 되어준다.

타인의 감정을 공감하는 마음이 샘솟는다 / 함께하면 마음이 편해지는 사람
미적 감각을 발휘한다 / 온화한 행동으로 좋은 평가를 받는다

감정에 집착해 이성적인 판단을 내리지 못한다. 또는 역으로 감정이 배제되어 영혼 없는 행동으로 건조한 생활이 지속될 수 있다. 어느 쪽이든 중도를 지키는 것이 중요한 시점이다.

◆
부정적

감정 불균형

혼자서만 기분을 맞추려 한다 / 치우친 마음으로 자신의 감정만 보려 한다
행동보다 감정이 앞서 일을 그르친다 / 마음속으로만 생각하고 행동을 망설인다

조용한 응시

사색에 잠기다
상상 / 공상

받쳐든 손

존중 / 소통
동경의 대상

어룡

풍부한 감성
유연한 행동
꿈과 이상

작가 노트

평화를 꿈꾼 백제의 마지막 공주 이야기

백제의 마지막 공주, 계산

백제의 마지막 왕인 의자왕의 딸이었던 계산 공주는 출중한 무예 실력으로 전장을 누비다 전쟁으로 피폐해진 백성들의 고통과 참상을 보고 괴로워하며 아버지인 의자왕에게 전쟁을 그만두고 신라와의 화친을 제안했다. 하지만 전쟁이 끝나지 않자 스스로 무기를 버리고 남쪽의 영산인 무오산으로 자취를 감췄다. 이 이야기의 시작이 적국이었던 신라의 설화에서 찾을 수 있다는 점만 보아도 그녀의 용맹이 얼마나 뛰어났는지 추측할 수 있다. 전쟁의 고통에 가슴 아파하며 평화와 화친을 주장한 공주는 분명 백성에 대한 사랑과 애착이 대단하지 않았을까. 물론 이 카드의 의미는 자애롭고 감성이 충만한 '여성상'을 상징하지만 이 역시도 고정관념은 아닐까 하는 생각에 자애로운 마음, 풍부한 감성과 함께 진취적이고 용맹한 신념으로 백성들의 나은 삶과 평화를 꿈꿨던 여인의 모습을 상상하며 그려보았다.

왕의 잔

잔의 기운

왕의 잔

왕의 잔

King of Cups
왕의 잔

격정의 감정도 능숙하게 통제하는 노련함

능숙하게 물의 흐름을 즐기는 듯
주전자와 잔을 들고 여유롭게 정면을 보며
온화한 미소를 짓는 인물의 모습이 평화롭다.

색 상징

하늘 자유/ 창조력/ 무한함
노랑 기쁨/ 주목/ 새출발/ 축복

하양 순수함/ 진실함/ 만족감
박하 청량/ 해소/ 깨달음/ 맑음

◆
긍정적

관대함

차분함과 침착함으로 내면의 감정을 다스릴 줄 알기에 현명하게 일을 처리할 수 있는 능력을 발휘할 때가 되었다. 경험에서 우러나는 관대한 마음가짐은 큰 힘이 되어 올바른 방향을 제시해준다.

주변 상황에 동요하지 않는다/ 이성적으로 감정을 컨트롤한다/ 예술적 감각이 샘솟는다 공감하는 마음으로 지지를 얻는다/ 자신의 마음을 이해하는 사람과 교류한다

타인의 감정을 너무 공감한 나머지 자신의 의지와 다르게 눈치를 보는 데 급급한 상황이 될 수 있다. 또는 다른 사람의 감정까지도 통제하려는 마음에 줏대 없는 행동으로 오해를 살 수 있으니 주의하자.

◆
부정적

우유부단

감정적인 행동으로 신뢰를 잃다/ 거절하기 어려운 마음/ 합리적인 판단보다 감정에 이끌려 마음을 준다/ 집중력이 부족해 자꾸만 주위 상황에 흔들린다

은은한 미소

공감의 자세
감정의 여유
깊은 이해심

잔과 주전자를 든 손

감정의 통제
뛰어난 감수성

파란 장미

이성적 사고
차분한 감정
미적 감각

작가 노트

감정에 대한 완벽한 통제와 지배에 대한 카드

흔들리는 파도 앞에서도 변함없는 굳건한 마음

왕의 노련함과 권위가 감정이라는 물결을 완벽하게 통제할 수 있을 때 마음을 다스리는 강력한 힘을 얻게 된다. 세상 모든 일에 원하는 바가 아무리 많아도 무엇보다 중요한 것은 마음의 여유와 일희일비하지 않는 관대함일 것이다. 그런 의미에서 이 카드는 그 어떤 상황도 너그러이 받아들이고 공감으로 타인의 마음을 사로잡는 왕의 여유로운 기운을 담아 각박한 현실 속에서도 흔들림 없는 여유와 평안이 스며들기 바라며 그려보았다.

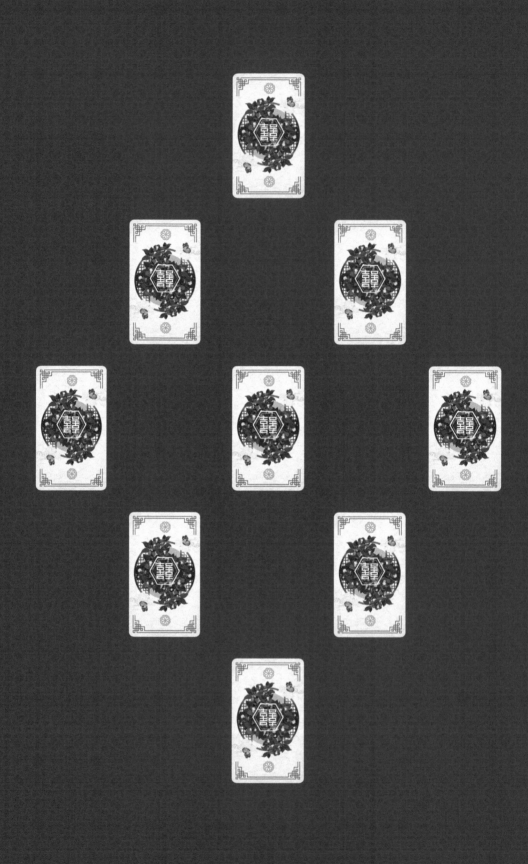

부록

타로 보는 방법

기본

단순명료한 리딩으로 직관적인 답을 구할 것

타로를 보며 주의해야 할 점은 미래를 맞춰야 한다는 강박을 가질 필요가 없다는 것이다. 있는 그대로의 상징을 통해 의미를 더하고 좋은 방법을 제시하는 도구로 타로를 받아들이기 바란다. 때문에 타로라는 매개체를 통해 더 많이 소통하고 편하게 고민을 이야기하며 기분 좋은 교훈을 마음에 새길 수 있다면 그것으로 타로의 역할은 충분하다고 생각한다. 복잡한 리딩이 익숙지 않아 어려운 해설로 갈피를 잡지 못하는 것보다 간단한 방법을 통해 명쾌한 대답으로 이야기를 끌어간다면 더없이 훌륭한 리딩이 될 수 있다. 아직 복잡한 리딩에 어려움이 있다면 기본 두 가지 방법은 22장의 메이저 카드만 활용하는 방법도 추천한다.

한 장으로 보기(원 오라클)/ 부적 삼기

원 오라클은 한 장의 카드로 간단명료한 답을 구할 수 있는 방식이다. 하루를 준비하기 바쁜 시간, 급하게 빠른 결정이 필요할 때 도움 받기에 적합하다. 궁금증에 도움이 되었다면, 나를 지켜주는 수호신처럼 부적으로 간직하며 기분 좋은 믿음을 갖고 하루를 생활해보는 힐링의 방법도 함께 권한다.

[질문 예시]

상대의 심리

> 상대방은 ▭ 한 감정을 가지고 있다

오늘의 주변 환경

> 오늘은 ▭ 한 흐름이 있다

오늘의 주의할 점

> ▭ 한 상황이 되지 않도록 주의한다

오늘의 조언

> ▭ 한 마음가짐

가까운 미래

> 그 일은 ▭ 하게 흘러갈 것이다

헥사그램 방법 단순화 / **오방색과 음양오행 배열법**

헥사그램은 매직 세븐 스프레드라고도 하며 목적 달성과 그 해결책에 대한 방법을 제시하는 데 적합하다. 이 방법을 단순화하여 음양오행 배열법으로 만들었다. 오방색과 음양오행의 배열을 통해 중앙의 위치에서 결론을 도출하며 헥사그램 스프레드보다 두 장의 카드가 적으므로 리딩이 익숙지 않은 사용자도 부담 없이 리딩하는 것이 가능하다. 리딩의 방향은 동서남북의 방위를 활용했다. 방법이 조금 익숙해졌다면 각 위치의 방향과 원소의 기운을 카드의 의미에 함께 담아보는 것도 도움이 된다.

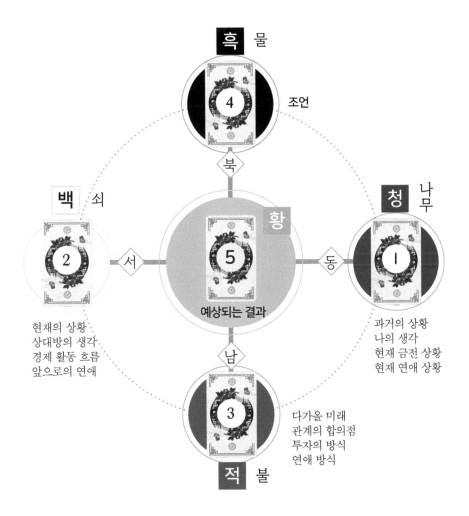

흑 물 — ④ 조언 — 북

백 쇠 — ② 서

황 ⑤ 예상되는 결과

청 나무 — ① 동

현재의 상황
상대방의 생각
경제 활동 흐름
앞으로의 연애

과거의 상황
나의 생각
현재 금전 상황
현재 연애 상황

남 — ③

다가올 미래
관계의 합의점
투자의 방식
연애 방식

적 불

* 오방색의 기운 정하는 법

다섯 장의 카드로 해답을 얻었다면 뒤집어 섞은 후 다시 그 다섯 장의 카드를 임의로 다섯 방향의 위치에 올려놓고 뒤집는다. 결과로 선택했던 카드가 있는 위치의 원소와 색을 확인하고 도움을 주는 기운의 원소와 색으로 정한다.

타로 보는 방법

78장의 카드로 들려주는 인생의 희로애락

타로는 이야기를 들어주고 대안을 제시해주는 상담의 과정이다

타로를 보기 위해서는 다양한 배열법을 공부하는 것도 중요하지만, 거창하고 어려운 배열법을 따르기보다 간략하고 스스로가 파악하기 쉬운 방법을 공부하고 나아가 자신만의 방식을 찾는 것이 중요하다. 타로는 마법의 점이 아닌 힐링과 공감, 소통의 과정이기 때문에 배열 방식에 너무 큰 부담을 느끼지 않기 바란다. 다만 적절한 소통을 위해 어떤 질문을 할 것인지, 어떤 해결책을 제시할지 생각하며 배열의 방식과 질문의 내용을 꼼꼼하게 준비하는 과정은 반드시 필요하다. 이제 단순한 방법의 리딩은 이미 활용한 경험이 많이 있으리라 생각하며 한국식으로 변형한 조금 복잡한 배열법을 소개하려 한다.

헥사그램 방법 변형/ **팔괘형 배열법**

헥사그램은 '육각의 별'로 불리는 배열법으로, 삼각형 두 개가 위아래로 겹쳐 나와 있는 부분은 땅과 하늘을 나타내며 합쳐진 부분은 세상을 의미한다. 이 부분을 동양의 팔괘로 의미와 뜻을 추가해 넣어보았다.

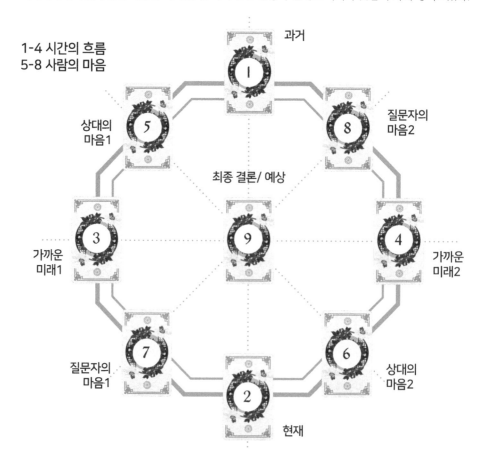

이 두 가지 방법은 타로 카드에 대한 이해도가 어느 정도 있는 단계의 배열법이기 때문에 익숙지 않은 초심자의 경우는 배열법의 과정을 과감하게 줄여서 시작하는 것을 추천한다. 카드는 (1) 문제점_주제 (2) 지금의 상황, 또는 과거의 상황_설명 (3) 해결책_결과 정도의 과정으로 나누어 해석하기를 권한다.

팔괘형 배열법은 바깥으로는 시간의 흐름, 안으로는 마음의 흐름으로 나누어 삼라만상의 의미를 담아보았다. 이 부분을 활용하면 안과 밖으로 각기 다른 두 가지의 상태와 의미를 해석하는 데 도움이 될 것이다. 태극기 배열법은 켈틱 크로스 방법과 크게 다르지 않기 때문에 반드시 질문의 내용을 예시와 같게 할 필요가 없다. 차이는 위와 아래로 나누어 음과 양, 내면과 외적 상황으로 상태를 알아보는 방식으로 질문을 정리했다. 따라서 질문의 내용을 대비되는 내용으로 넣고 리딩을 이어가면 좋을 것이다. 건(하늘) 곤(땅) 감(물) 리(불)라는 4원소의 흐름을 함께 생각한다면 리딩의 내용이 더욱 풍부해질 것이다. 질문의 내용을 무작정 따라가기보다 상황에 맞는 창의적이고 이해하기 쉬운 방향으로 만들어 자신만의 리딩을 이끌어가기 바란다.

켈틱 크로스 방법 변형 / 태극기 배열법

켈틱 크로스 배열은 10장의 카드를 이용하기 때문에 높은 난이도에 속하는 배열법이다. 반드시 번호의 순서를 따르기보다 직감적으로 들어오는 카드를 따라가며 이야기를 풀어나가는 것도 좋은 방법이다.

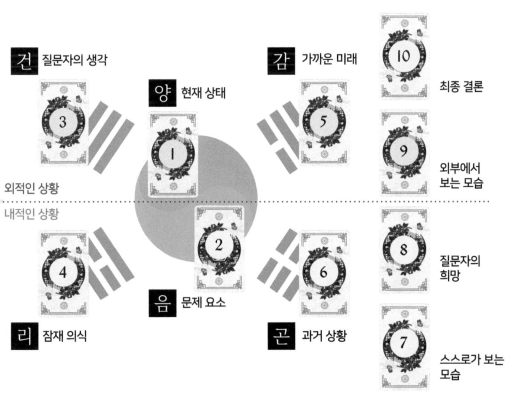

수의 배열로 읽는 타로

마이너 카드 전체적으로 이해하기 좋은 방법

마이너 아르카나는 메이저 아르카나보다 수량이 많고 각각의 카드로 의미를 이해하는
메이저 아르카나와는 달리 무리로 이루어져 있어 그 의미를 파악하는 것이 보다
어려운 경우가 많다. 카드의 이미지를 파악하여 리딩을 하는 것도 중요하지만,
각 코트 카드의 숫자와 상징을 이해해 의미를 더하는 것도 리딩을 더욱 풍부하게
할 수 있는 좋은 방법이다. 원소별 분류가 아닌 각 카드의 무리에 따른 정리를 통해
마이너 아르카나에 대한 이해도를 높일 수 있는 방법을 알아보도록 하자.

초반의 흐름
착수의 단계/ 개선의 여지가 있음/ 시작의 단계/ 변화의 가능성이 크다

출발 / 첫 번째 의미

최초의 시작점, 그 순수함의 매력

네 개의 카드는 모두 출발을 축복하는 좋은 의미와 상징을 담고 있다

관계 / 두 개의 의미

2

상호 관계의 시작

양자택일의 기로에 마주 서서 겪는 선택과 화합, 소통의 이야기

삼위일체의 시작

세 개의 점에서 시작되는 최초의 면, 삼각형과 삼위일체를 통한 상호 관계 발전의 시작

중반의 흐름

변화의 과정/ 진보의 단계/ 조화와 균형을 유지하기 위한 움직임

기둥을 이루며 안정적인 과정에 들어서다

안정감을 구축한 뒤 존재의 이유와 욕구를 들여다볼 시간을 마주하다

안정감 위로 쌓아 올린 또 다른 하나의 존재

구축된 안정을 토대로 더 나은 무언가를 위해 고민하기 시작하다

여섯 개의 의미

평형

6

나란히 균형을 이룬 두 개의 삼각형

하나에서 늘어난 두 개의 삼각형은 나란히 평형을 이루며 균형 잡힌 상태로 발전한다

 종반의 흐름

도전과 고민/ 반성과 성찰/ 마무리와 감사/ 완성과 새로운 시작의 도약

일곱 개의 의미

완성

7

한 주기의 완성

한 바퀴를 돌고 나서 보이는 새로운 존재들과 마주하며 얻은 깨달음을 통해 또 다른 도약을 준비하다

여덟 개의 의미

분투

8

대립한 두 개의 사각형이 주는 팽팽한 긴장감

건실한 기둥으로 받친 두 개의 사각형이 서로 섞여 다음의 과정을 고민하며 견고해진다

마무리

아홉 개의 의미

9

완성을 향한 마지막 단계

한 자릿수의 마지막으로 모든 것이 절정으로 향하며 결말을 위한 마무리의 과정

재도약

열 개의 의미

10

새로운 전환점에서 모든 것을 품다

두 자릿수의 시작, 결말에서 바라보는 교훈을 토대로 행하는 새로운 재도약의 시간

생동

초심자의 의미

젊음이 주는 매력과 생기

나이를 의미하는 젊음이 아닌 마음의 생기와 열정에서 느껴지는 젊음을 의미한다
새로운 사고방식과 잠재된 에너지를 어떻게 다룰지 묻고 있다

기사의 의미

행동

열정의 정점에서 느끼는 뜨거운 심장

열정 가득한 심장에서 넘치는 에너지를 발산한다
도전에 두려움이 없고 깊은 탐구심에 자부심을 느낀다

여왕의 의미

성숙

성숙함에서 우러나오는 평온함의 온기

권위와 강압이 아닌 진정한 공감과 소통이 가져다주는 고민의 해답과 마음의 평화

왕의 의미

신뢰

연륜과 경험에서 느껴지는 무한 신뢰

카리스마와 결단력으로 이끌어가는 신뢰 있는 믿음과 힘

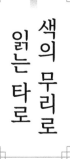

색의 무리로 읽는 타로

오방색과 오방간색으로 보는 카드 한 번에 보기

색의 기운으로 보는 음양오행의 기운

카드의 세세한 의미는 내려두고 큰 색감과 느낌을 보기 위해 카드를 색상별로 취합하여 정리했다. 오방색은 오방정색五方正色이라고도 하는 한국의 전통 색상으로 황, 청, 백, 적, 흑의 다섯 가지 색을 말한다. 음양오행은 태초에 음과 양의 기운이 생겨나 하늘과 땅이 만들어지고 다시 두 기운이 나무, 불, 흙, 금속, 물의 다섯 가지 기운을 생성한다는 사상을 말하는데 이 오행의 기운에 다섯 가지의 색을 담은 것이 오방색이다. 여기에 각각 두 가지의 색을 섞어 만든 오방간색이 있다. 본래 오방간색은 녹, 홍, 벽, 자, 유황색을 말하는데 바나 타로의 색 표현을 위해 홍색과 자색을 각각 *연홍자색(백+적+청), *잿빛자색(적+흑+황)으로 변형하여 맞춰보았다.

흑 북, 겨울/ 무게, 어둠, 권위, 힘, 휴식

9 은둔자	10 죽음	15 악마	16 탑	지팡이 10	검 9	검 10	금화 5

적 남, 여름/ 열정, 넘치는 활력, 매력

0 방랑자	1 마법사	3 황제	4 여제	지팡이 기사	지팡이 여왕	지팡이 왕

청 동, 봄/ 시작과 도전, 안식, 내면의 의식, 창조

6 연인	17 별	18 달	지팡이 5	지팡이 6	지팡이 9	잔 7	잔 8	잔 10	검 4	검 5	검 6

백 서, 가을/ 순수, 결백, 청렴

2 여사제	5 교황	20 심판

황 중앙/ 승리, 광명, 도약, 노력, 중용, 재물

7 전차	8 힘	19 태양	지팡이 3	지팡이 4	지팡이 초심자	금화 1	금화 6	금화 8

녹 황+청/ 생명, 흐름, 안정, 희망

14 절제	지팡이 7	잔 초심자	잔 기사	잔 여왕	잔 왕	잔 3

벽 청+백/ 창조력, 가벼움, 진취적, 정직함, 치유

10 운명의	21 세계	지팡이 1	지팡이 2	지팡이 8	금화 2	검 2	검 3	검 8	잔 1	잔 4	잔 6

*잿빛자 적+흑+황/ 굳은 의지, 결핍

11 정의	12 매달린	금화 3	금화 4	금화 7	잔 4

유황 흑+황/ 무게, 적극적, 풍요, 활력

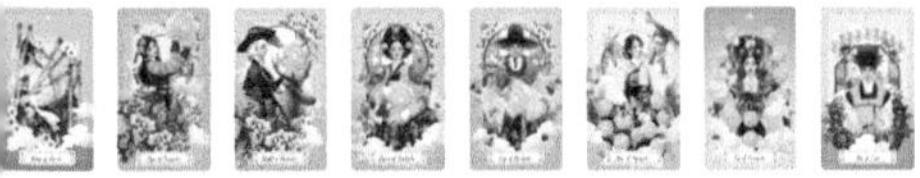

검 7	금화 초심자	금화 기사	금화 여왕	금화 왕	금화 9	금화 10	잔 9

*연홍자 백+적+청/ 무의식, 선택, 양극

검 초심자	검 기사	검 여왕	검 왕	검 1	잔 2

바나 타로는 한국 전통 디자인으로 작업된 타로 카드 일러스트입니다.
한국의 전통적인 소품의 기본적인 상징과 의미를 최대한 담아내려
노력했습니다만, 퓨전 한복처럼 내용에 맞게 새롭게 재해석하여 그린
부분도 많이 있습니다.

탈(하회탈)

탈은 나무로 만든 가면이며 주로 평민들이 양반 계층을 풍자하는
역할극 놀이에 사용됐다. 그림의 하회탈은 경북 하회 마을에서
내려오는 목조탈로 시작은 고려 중기 정도로 추정된다.

방울

점사占辭를 보는 일부터 굿을 하는 등 크고 작은 무업에 널리
활용되는 방울이다. 그림 속 방울은 대신방울이라 하여 원래는
12개의 방울이 묶여 자루에 달려 있다.

면류관

왕의 예모 가운데 가장 존엄한 형태. 면류관은 왕의 대례복인
구장복과 함께 착용한다. 황제 카드는 곤룡포를 입고 있으며
본래 파란색은 왕세자의 색이다.

곤룡포

조선시대 임금이 시무복으로 입던 정복. 여성의 한복 형태에
곤룡포의 이미지를 넣어 상상하며 그려보았다.

첩지

조선 영·정조의 체계금지령髢髻禁止領(가체를 금지하고 족두리로
대체하게 한 법) 이후 무거운 가체 대신 새로운 머리 장식품인
첩지를 올려 신분을 나타내었고 화관이나 족두리가 흘러내리지
않게 하는 구실을 하기도 했다.

장옷

조선시대에 부녀자들이 외출할 때 얼굴을 가리기 위해 머리부터
내리쓴 옷

소품으로 사용된 그림들의 설명과 함께 달라진 부분에 대해서는 짧으나마 약간의 설명을 남깁니다.
그 형태와 색이 역사적 고증과 조금 달라진 부분에 대해서는 새로운 해석 적용이란 생각으로
너그러이 이해 바랍니다.

사인검
조선 초 · 중기에 왕들이 장식용
또는 호신용으로 지녔던 검

고려청자
고려시대부터 철분이 섞인
흙으로 빚어 여러 과정을 거쳐
구워낸 청록색의 도자기

갓
조선시대 어른이 된 남자가
머리에 쓰던 의관

조바위
조선시대 여성들이 외출할 때
쓰던 방한모 겸 외출모

족두리
부녀자가 예복에 갖추어 쓰던
머리장식

괴불노리개
삼각형의 비단 조각에 솜을 넣고
색실로 감아 만든, 어린이들이
차는 노리개

청화백자
흰 바탕의 도자기에 아라비아
상인들로부터 수입된 코발트
물감으로 그린 도자기

태평소
전통 관악기. 실제 태평소의
크기는 카드의 그림보다 작다.

청사초롱
조선시대 청사에 홍사로
위아래를 둘러 음양을 상징하며
주로 혼례식에 사용하던 등

조선 수군 방패 그림
임진왜란 당시 조선 수군이
사용하던 방패의 그림

전모
조선시대 여성들의
나들이용 모자

전립
조선시대 구군복에 착용한
패랭이형의 모자와 높은 신분이
사용하던 공작 깃털 장식

한국 전통의 소품

마이너

솟대

긴 장대 끝에 오리 모양을 깎아 올려 하늘과 땅을 연결하는
역할을 하며 장승과 함께 마을 입구에서 화재, 가뭄, 재앙을
막아주는 마을의 수호신 역할을 했다.

떨잠

대례복을 입고 큰머리를 할 때 머리에 꽂는 장식품으로
'떨철반자'라고도 한다. 떨잠의 가장 큰 특징은 용수철 위에서
흔들리는 나비의 아름답고 우아한 움직임이 일품이다.

복두, 앵삼

복두는 관모의 일종으로 신라시대부터 조선시대까지 주로 과거에
급제한 사람이 홍패를 받을 때 썼다. 앵삼은 조선시대 유생이 생원시나
진사시에 합격하였을 때 입는 예복이다.
* 홍패: 문과에 급제한 사람에게 주던 붉은색 종이 증서

연지곤지

옛 여인들이 화장할 때 볼에 바르는 붉은 빛깔의 안료를 연지라고
하며 이것을 사용하여 동그랗게 칠하는 것을 곤지라고 한다. 고구려
벽화의 인물상에도 연지 화장을 한 악공의 그림이 있는 것으로 보아
역사가 매우 깊으며 새색시 화장의 상징이기도 하다.

대수머리

궁중에서 왕비의 의식용으로 대례복 차림에 사용되었던 머리 모양.
대례복을 입을 때 머리에 쓰던 적관이 임진왜란으로 소실되어
구할 수 없게 된 이후 사용했던 것으로 추정된다.

떠구지머리

나무로 만든 머리틀로 '떠받치는 비녀'라는 뜻에서 떠구지라고
하여 떠구지머리라고 불렀다. 조선 영조가 가체금지령을 내린
이후 왕비와 왕세자빈 등이 예장할 때 이용하던 머리 모양이다.

구장복

왕이 면복을 갖추어 입을 때 제일 겉에 입는 곤의로 종묘사직에
제사 지낼 때나 왕비를 맞아들일 때, 머리에는 면류관을 쓰고
곤복을 갖춰 입었으며 삼국시대에 면류관의 존재가 확인되는
것으로 보아 고려 이전에도 구장복을 입었던 것으로 추정된다.

삼두일족응

삼두일족매, 삼두매로도 불리며 머리가
세 개고 발이 하나인 매를 뜻한다.
인생에 다가오는 불운인 삼재를 세 개의
머리로 쪼아낸다는 의미가 있다.

은장도

은으로 만든 작은 단도. 삼국시대부터
남녀노소가 다용도 도구로 사용하기
위해 패용하던 장신구.

청자 참외 모양 병

국보 제94호로 고려청자 중 하나이며
현재 북한의 영토인 고려 17대 임금
인종의 무덤인 장릉에서 일제강점기에
출토(도굴)되었다.

청자 투각 칠보무늬 향로

국보 제95호로 고려청자의 대표적인
명품 가운데 하나다. 각각 다른 모양을
기능적으로 결합하여 여기에 음각, 양각,
투각, 퇴화, 상감, 첩화 등의 다양한
기법을 활용했다.

청자 어룡형 주전자

국보 61호로 용의 머리와 물고기의
몸을 가진 어룡 형상의 주전자로 용의
지느러미와 비늘, 갈퀴까지 표현이 매우
섬세하며 연꽃 줄기 모양의 손잡이가
달려 있어 신비롭다.

백제 무령왕비 금제 장식

무령왕릉에서 출토된 국보 154호.
타오르는 불꽃과 같은 형상으로 왕의
위엄과 고귀함을 상징한다. 왕비와
왕의 머리 장식은 조금 다르지만 왕비의
장식으로 통일하여 그렸다.

주작

남방의 상징이자 양기를 나타내는
붉은색의 거대한 시조의 제왕으로 불을
상징하며 길조와 벽사, 장생불사의
의미를 담은 수호신이다.

기린

오색의 털과 이마에 하나의 뿔이
돋아 있으며 사슴의 몸에 소의 꼬리,
말의 발굽과 갈기를 가진 매우
상서로운 상상의 동물.

백호

청룡, 주작, 현무와 더불어 사신
중의 하나로 묘를 비롯하여 궁궐과
하늘 등의 서쪽을 관장하고 지키는
수호신.

복건

남자아이의 복건은 성인 복건과 달리
가장자리의 끝부분에 봉황, 박쥐,
수복강녕 등 좋은 의미를 지닌 무늬를
금박으로 찍어 무병장수를 기원했다.

굴레

조선시대 어린 여자아이들이 쓰던
모자로 조바위와 달리 정수리 부분이
막혀 있다. 일부 지방에서는 혼례 때
족두리나 화관 대신 쓰기도 했다.

어룡

하늘로 승천할 준비를 하는 용의
모습과 물고기의 형상을 합친 상상의
동물, 물속을 자유로이 헤엄친다.

정자관

사대부들이 쓰는 관으로
주자관이라고도 한다. 평상시에 갓을
쓰고 사람을 대하는 것이 불편해
집에서는 정자관을 즐겨 썼다.

갓끈

갓을 매는 데 사용하는 끈으로,
아름다운 보석으로 장식하여 달기도
했다. 사치스러운 꾸밈이 심할 때도
있어 세종 때에는 보석으로 만든
갓끈을 금하기도 했다.

참고자료 출처

인터넷

한국민속대백과사전 folkency.nfm.go.kr
문화콘텐츠닷컴 www.culturecontent.com
e뮤지엄 www.emuseum.go.kr
국사편찬위원회 한국사 데이터베이스 db.history.go.kr
한국향토문화전자대전 www.grandculture.net
한국민족문화대백과사전 encykorea.aks.ac.kr
행정안전부 어린이 우리나라 국가상징
www.mois.go.kr/chd/sub/a05/mugunghwa1/screen.do
국사편찬위원회 조선왕조실록 sillok.history.go.kr

책

『신화 속 상상동물 열전』/ 윤열수/ 한국문화재보호재단/ 2010
『한국전통연희사전』/ 전경욱 / 민속원/ 2014
『한국 환상동물 도감』/ 이곤/ 봄나무/ 2019
『좋은 문장을 쓰기 위한 우리말 풀이사전』/ 박남일/ 서해문집/ 2004
『저승 창고와 덕진다리』, 『버리데기』, 『오늘이』/ 웅진 호롱불 옛이야기

인의예지 참고

한국민족문화대백과사전 encykorea.aks.ac.kr
한국학중앙연구원 www.aks.ac.kr
한국학 디지털 아카이브 yoksa.aks.ac.kr/main.jsp

「천상열차분야지도」 참고

『천상열차분야지도, 그 비밀을 밝히다』/ 윤상철/ 대유학당/ 2020

그 외

국립민속박물관 www.nfm.go.kr

용산전쟁기념관 www.warmemo.or.kr

국립중앙박물관 www.museum.go.kr

천안독립기념관 i815.or.kr

국립경주박물관 gyeongju.museum.go.kr

허균, 허난설헌 기념관 강원도 강릉시 난설헌로 193번길 1-29

이미지

클립아트코리아 www.clipartkorea.co.kr

* 일러스트의 일부분 중 한국 전통 소품이나 꽃과 같은 이미지를 합법적으로 구매 후 참고 또는 리터치하여 사용

작가 노트

처음 제작했던 카드의 뒷면을 장식한 꽃은 모란입니다. 모란은 꽃 중의 왕이라 하며 부귀영화와 품위를
상징합니다. 배경의 단청은 청, 적, 황, 백, 흑의 오방색을 기본으로 합니다. 오방색을 상생 원리에 맞춰
배열하면 서로가 가진 좋은 기운이 합쳐져 나쁜 기운이 가까이 오지 못합니다. 중앙의 기호는 쌍 희囍를
이용해 만들었습니다. 기쁠 희囍가 겹쳐 기쁜 일이 더욱 가득하라는 의미입니다.

정식 출간용으로 새롭게 제작한 한글 카드의 뒷면은 동백입니다. 한겨울 혹독한 추위를 이기며
아름답고 붉게 피어나는 동백은 희망과 굳센 의지를 상징합니다. 우리 민화에 자주 등장하는 나비는
장수를 상징하며 꽃과 함께 그려 넣으면 사랑과 우애를 의미했습니다. 희망의 동백과 나비를 함께 넣어
사랑이 가득하고 원하는 모든 일에 좋은 기운이 깃들기 바라는 의미로 두 상징을 담았습니다.

바나의 한국 타로
ⓒ바나, 2024

초판 1쇄 발행 2024년 7월 19일

글, 그림 • 바나
펴낸이 • 김요안
편집 • 강희진
디자인 • 김이삭

펴낸곳 • 북레시피
주소 • 서울시 마포구 신수로 59-1
전화 • 02-716-1228
팩스 • 02-6442-9684
이메일 • bookrecipe2015@naver.com | esop98@hanmail.net
홈페이지 • https://bookrecipe.modoo.at/
등록 • 2015년 4월 24일(제2015-000141호)
창립 • 2015년 9월 9일

ISBN 979-11-93551-19-6 03810

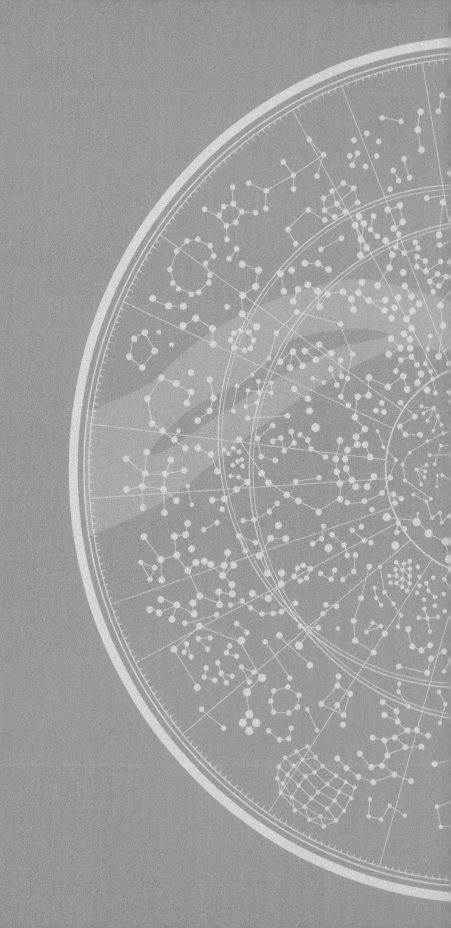